U0597196

没有围墙的大学

孟久成 著

当代名家
精品
必读散文

作者曾多次赴美国采访、游历与生活,得以近距离观察美国,
这种观察是静静的、耐心的、相对长时间的,作者力图以
中美之间的差异为切入点,作深层次的介绍、比对与剖析。

知识出版社

图书在版编目（CIP）数据

没有围墙的大学/孟久成著. —北京：知识出版社，
2016.3

（中国当代名家精品必读散文）

ISBN 978 - 7 - 5015 - 8991 - 3

Ⅰ.①没… Ⅱ.①孟… Ⅲ.①随笔—作品集—中国—当代

Ⅳ.①I267.1

中国版本图书馆 CIP 数据核字（2016）第 040818 号

总 策 划　张海君　李　文
执行策划　马　强
责任编辑　梁嬿曦　马　跃
封面设计　君阅书装

知识出版社出版发行
地　　　址　北京市西城区阜成门北大街 17 号
邮政编码　100037
电　　　话　010 - 88390732
网　　　址　http：//www. ecph. com. cn
印　刷　厂　河北锐文印刷有限公司
开　　　本　1/16
印　　　张　12
字　　　数　180 千
印　　　次　2016 年 3 月第 1 版　2018年11月第2次印刷

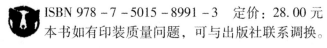

ISBN 978 - 7 - 5015 - 8991 - 3　定价：28. 00 元
本书如有印装质量问题，可与出版社联系调换。

目录 Contents

美国城市的"多纳圈"现象

2004年盛夏，我探望在美国读书的孩子，在那里住了3个月。早餐曾吃过一种食品，名曰多纳特（Donut），汉语应译为油炸甜饼，华人俗称"多纳圈"，这种叫法可谓中西合璧。既然称作圈，应呈环形，中空外实，很像中国玉器中的璧。

我并不爱吃多纳圈，过甜，但为什么至今念念不忘？因为我在美国城市见到了这种"多纳圈"现象。

那次与孩子去俄亥俄河边游玩。俄亥河于我并不陌生，她多次出现在美国作家马克·吐温笔下。如今俄亥俄河就在我眼前流淌，河面很宽，极有气势，很壮美，酷似流经哈尔滨的松花江。

俄亥俄河畔就是总挂在中国留学生嘴边的"当趟"（Downtown），也就是市中心，很是繁华，高楼林立，有全城最高的建筑，是市府所在地，还有图书馆、棒球场、宽阔的喷泉广场。比我居住的辛辛那提大学周围热闹多了。

但这种繁华地带并不大，论面积，还不如我国某些县城，要知道，辛辛那提是俄亥俄州的第三大城市啊！

下午我们离开当趟回家，车行几分钟后，繁华就被甩在身后，眼前的景象大出我的意料之外，我无法相信自己的眼睛，繁华与贫穷只有咫尺之遥。这里显然是穷人区，或者称为贫民窟，一幢幢楼房破破烂烂，低矮密集，墙体污脏，已看不清原来的颜色，有些地方砖体剥蚀脱落，墙体坑洼不平，这样的房子即使在哈尔滨也应在危房改造之列。人们仨一群，俩一伙，或靠在墙角闭目养神，或在街上闲逛，还有的朝我们做鬼脸。在辛辛那提市，驾车行驶在街道上，很难见到一个行人，更不用说闲人。

孩子告诉我，每次车行此处，心情骤然紧张，早早地把车窗摇紧，加快了速度，不能停车，更不要下车。如果离车办事，即使免费，也不要把车停在这里。这种地方社会治安一直很成问题。穿过穷人区后，车子放慢了速度，看得出孩子松了一口气。

后来我到过美国一些家庭做客，有孩子的师兄、师姐、导师，还有一些我采访的领养中国孤儿的美国家庭，这些人居住在小区，也就是富人区。家家都是独幢小楼，居住条件很好。辛辛那提的消费水平在美国相对较低，房价不算太贵。孩子有个师兄，买了一栋二层小楼，有地下室和车库，使用面积应在300平方米左右。房前屋后有很大的草坪，房后还有一片池塘，夏天可以垂钓。总共花去了28万美元，30年还清贷款。每月还贷在2000美元之下，只要夫妻双方工作，还贷能力应不是问题。这个价位应该比国内北京或者上海便宜多了。

小区绿化很好，像一座小花园，环境非常幽静，一天到晚大多数时间空无一人。社会治安很好，这从每家的落地大玻璃门窗就可以看得出来。在哈尔滨，家家都有坚固的防盗门，一楼窗户还要焊上很粗的角铁和钢筋，可谓固若金汤。那位师兄说，他有时把公文包忘在车里，即使车停在车库外，也用不着担心被盗。

不过这些富人区大多距离市中心很远，散居在市郊，每天上下班，单程在半小时，乃至一小时的属家常便饭。据我估算，这个距离在国内早已到了附近县城。

为什么富人舍近求远，搬离了市中心？而市中心反而成了穷人的聚居地？这让我大惑不解。

以我居住的哈尔滨市为例，在道里中央大街和南岗秋林一带，是哈尔滨最繁华地带，房价在每平方米5000元左右，可谓寸土寸金，远离市中心的房价就会便宜许多，周边县城，房价不过千元左右。哈尔滨的豪宅无一例外地建在最繁华地带，这是财富与身份的象征。

美国人与中国人的反向移动，原因究竟是什么？

那段时间孩子已经转到辛辛那提大学地理系读书，常常向我说起辛辛那提的历史，这引起了我对这个城市的关注。

辛辛那提于 1788 年由白人来此建立村落，1819 年正式建市，早期移民以德国人较多，所以当地留有不少德国习俗。1830 年到 1850 年间，是辛辛那提的黄金时代，发展速度超过了美国其他任何城市，水路运输无疑起了关键作用。流经辛辛那提的俄亥俄河是密西西比河最大的支流，水量充沛，坐汽船可以直通最南端路易斯安那州的新奥尔良，1832 年还开通了俄亥俄－伊利运河，水路运输繁忙而畅通。这一点与我国相似，我国古代一些重镇多有大江大河流过。我还知道，随着铁路的发展，特别是公路运输的发达，水路运输逐渐没落，俄伊运河由于年久失修，逐渐断流，壅塞，直至填平，后来的几条高速公路竟然建在当年的运河河床之上。当时辛辛那提市内公交系统也很发达，曾有过一个相当宏伟的地铁计划，可惜修修停停，最终还是流产了。辛辛那提属山城，道路坡度陡峭，一般汽车难以通行，特别是冬季。爬山车应运而生，成为这座城市一景。爬山车孩子只在资料中见过，但这种车却是我亲眼所见，在山城重庆，是一种有轨电车，靠缆绳拖拽才能爬上坡顶。

城市的繁华吸引着来自乡村的农民大量涌进城市寻找机会，于是城市人口急剧膨胀，城市严重的社会问题开始显现。交通紧张、环境污染、住房紧张，犯罪率居高不下，人们认为城市，特别是城市中心区不再适合居住。而美国的汽车工业的发展，使人们脱离市中心成为可能。白领阶层普遍拥有私人汽车，他们的居住地不必一定要靠近位于市区的工作地点。大量高速公路的修建也使驾车出行十分方便快捷，有 85 条主要运输线和全国各地紧密相联。

轿车对于美国人有多么重要？有人称美国是车轮上的国家。美国的超市一般建在远离市区的地方，没有汽车根本无法生活。孩子刚到美国时没有轿车，每个星期去几公里以外的超市买食品全靠肩背手提，一年后实在熬不住了，不得不买了一辆廉价的二手车。

代表城市繁华的商业中心逐渐迁出市区，也就把繁华带离了市中心，因为那里有更低的地价。我曾与孩子驱车一百多英里，去"普莱直销中心"购物，它位于辛辛那提、哥伦布、代顿三座城市中间，最诱人之处是经销同类商品的许多厂家云集一处，比如鞋业的耐克、阿迪达斯等等，因为是直销，有更便宜的价格。我曾怀疑这在荒郊野外建立巨型商业中心的可行性，但这里生意却是十分火爆。这种商业中心在美国中部地区很常见。

由于轿车的普及，城市的布局大洗牌，重新排列组合，在美国城市，工作在一个地方，居住在一个地方，购物在一个地方，医院在一个地方，这一点非常特殊，所有医院，成人医院、儿童医院、综合医院、专科医院都聚集在一个片区。

由此，市中心不可避免地趋向没落、破败，成了穷人的聚居地，美国穷人轿车的拥有量较低，他们乘车还得靠公交车，辛辛那提公交系统很不发达，出租车很难遇到，有时打车需要预约，公交车更是少得可怜，我曾坐过一次公共汽车，看得出，车上的穷人居多。我在美国还见过很破的轿车，车的颜色近乎涂鸦，有的车身破了一个大洞，还在大道上疯跑，这种车在国内是不准上路的。

缺少交通工具就等于限制了自己活动范围，只能蜗居在市中心狭小的范围之内。在前些时候席卷美国的卡特里那飓风灾难中，路易斯安那州新奥尔良市遇难的多是穷人，他们在政府发出警报的时候，没有足够的交通工具逃离灾区。

在我国，一些大城市的空心化已经初露端倪，比如北京的市中心，在一环之内，民居多为四合院，代表着北京的民俗，然而这里已经成为北京贫困阶层的聚居之地，北京城市正在大规模地向周边扩张，一个个新型繁华的卫星城正在出现。在上海，杭州等城市，我们看到了同样现象。

当前，国内私家轿车正在升温，这对人们的观念，行为与生活方式，以及城市建设必然形成巨大的冲击，我想，这种中空外实的"多纳圈"现象或迟或早，也会在中国出现。

口味、流行歌曲及其他

2004 年，我第一次踏上美国土地，在辛辛那提市住了 3 个月。在中国生活了近 60 年的我居然对陌生国度相当适应，这里天蓝云白，空气洁净，3 个月下来无疾无恙，过得很舒适。

一、恼人的"起司"

唯一担心的是吃饭，我这个人吃饭向来随意，很能将就，属于给啥吃啥、很少挑拣的一类。我的食谱大致可以分为三类，一是爱吃，二是可吃，三是不能吃。第二类我还能凑合，第三类就绝难接受了，宁肯饿肚子也不能吃了。比如羊肉，涮羊肉尚可，其他做法一口也不能动，尤其是羊肉串加孜然，不用说吃，闻一下都受不了。

我非常喜欢呼伦贝尔大草原，喜欢那里的一切，平坦辽阔的草场，云朵一样的羊群，特别是夜晚躺在草地上仰望晴空，亮晶晶的星星似乎伸手可得……至今还非常神往。唯有一样，就是羊肉，一点儿不能吃。当地用最高贵的食品——烤全羊招待我们一行，那羊烤得红中透褐，颜色很是诱人，可惜我只能看不能动。看别人狼吞虎咽，非常羡慕，又有些嫉妒，同时生出一些自卑。

我的忌讳成为别人的笑料，有一次开餐，众人纷纷鼓励，说是此处羊肉正宗，绝无膻味，我想借机改变一生陋习，并就此扭转形象，大胆吃了一口，但反应仍然强烈，忍了半天，总算没有吐出来。

慢慢的我发现，在我们一行 10 人之中，真正喜欢羊肉的不会超过 3 个，至少有两个与我同类，剩下的也是似吃非吃。只是人家比较深沉，不事张扬，还照样参加嘲笑我的行列，于是我也佯装不知，心里却有了一些安慰，我并不孤立。

口味是个很难捉摸的东西，极具个性化，而且是不需要任何理由的。比如我有一个同事不吃肉，猪牛羊鸡一律不吃，用他的话说，只要长眼睛的都不动，比吃斋念佛的修行者还彻底。然而这位绝对的素食主义者却很不幸，那次普查身体，居然查出了脂肪肝，众人齐声为他喊冤。

儿子从小不吃鸡肉，令我很难理解，鸡肉不腥不膻，为什么不能吃？有一次，软硬兼施，让他尝了一口，结果吐了个倒海翻江，方知勉强不得。长大了，孩子才说出不吃鸡肉的原委。那时我们生活在农场，自己宰鸡，要用开水褪毛，烫出的臭味让他恶心，从此一见鸡肉就联想起鸡粪的气味。

其实刚到美国时，吃饭本无心理障碍，障碍来自一次 Party，那是孩子的导师乔迁之喜，人们纷纷前去助兴，每家都带来自己爱吃的食品。

孩子的导师年纪和我相仿，身体健壮，脸色粉红，他来自中东，是个阿拉伯人。他的新居是三层小楼，孩子说，能住三层楼的家境绝非一般，况且这是辛城地价最高的地方。

开饭了，一个长条桌上，摆着各色食品，长这么大岁数，这次算是开了眼，我第一次看见这么多奇形怪状的食品，我挑了两三样比较熟悉的，其中一个呈包子模样。我上去就咬了一口，立刻觉得空气凝固了，这是我从来没有尝到过的味道，像什么，我实在找不出与之类比的食品，太怪了。只好放下。停了一会儿，试着尝剩下那两样，味道依然怪异。这时孩子走过来，问，吃得惯吗，我把盘子交给他。他吃惊地说，你怎么什么都敢吃，你能吃吗？我说不能。于是孩子重新找了一个盘子，很费力地挑出几样我们认识的东西。我看着眼熟，怀疑全是我们自己带来的。

这是第一次得到教训——有馅的不能动，谁知道里面装的是什么。

第二次教训是在麦当劳，那天中午逛完超市，我们进了麦当劳店，也像众人一样，点了一份汉堡包，但我吃了一口，觉得味道非常之怪，问怎么回事，国内的并不是这个味道。孩子一听就明白了，可能你不习惯起司，就是奶酪。于是重新给我点了一份，特别提醒不加起司。原来任何一种汉堡包，默认的都是加起司的。

后来，我和老伴儿参加一个旅游团，到美国东部，一路非常愉快，费城自由钟，华盛顿的白宫和华盛顿纪念碑，纽约的华尔街、时代广场，波士顿的麻省与哈佛等大学，特别是世界最大的尼亚加拉大瀑布，玩得十分尽兴。只是一到吃饭就紧张，因为一大半就餐地点都在麦当劳店，不懂英语，无法与售货员沟通，这个旅游团大多是留学生家长，与我年纪相仿，英语水平彼此彼此。因此，每到吃饭的时候，我都要物色一个年轻人，替我点一份不加起司的汉堡包，偏偏年轻人少之又少。所以一进麦当劳店就开始紧张。

我不喜欢吃的东西还有一些，比如比萨饼。

不爱吃比萨饼的原因还是起司，但感觉比汉堡包稍好一些。

有一次我和孩子去买比萨饼，这里不光卖，还兼烤制，一进屋就是那股起司味道，非常浓重。我问孩子闻着没有，他说挺香的，我闻着却是一股臭烘烘的味道，只好走出店门，在街上闲逛。

我曾问过孩子，留学生们对起司之类都适应吗？孩子说，只要你过了起司这一关，吃任何西餐都不成问题了，如果过不去，西餐最好免谈。拿他来说，西餐尚可，也觉得不难吃。对于西餐，中国留学生中也分几种，一是适应西餐，二是吃起来尚可，三是像你这样的，完全拒绝。但不管如何，对中国人来说，即使比较适应的，西餐偶尔为之，调剂一下口味可以，但总吃肯定受不了。

所以，这些留学生虽然居住在美国，但吃的仍然是中国饮食。与美国人一样，逛同样的超市，买同样的调料，但回家以后的加工就是地道的中国菜了。偶尔想吃点酸菜、韭菜，就只能到中国店去买了。

那次，儿子回国探亲，朋友请我一家吃饭。这是我兵团时期的一个战友，交情已经保持了三十来年，近些年交情日益加深，原因是有了共同的话题。

他的孩子松松在国内读完博士以后，去美国做博士后，到美国之前，之后，与我，与我的孩子联系很多，咨询一些相关事宜，此时他面临人生重大的选择。据我孩子分析，松松学习成绩很好，就读的学校也不错，学科也比较热门，在国内能够找到很好的工作，当然留在美国也不难。因此，这个孩子有些举棋不定。

我儿子给松松的建议很简单，选择权在自己，不要太在意周围人的说法，主要看个人的兴趣，

是的，对当今的留学生而言，都面临着一个绕不开的话题，是走还是留，如今社会已经开明了许多，留学生在走与留的问题上，考虑更多的还是个人发展，而不是像20年前，上升到一个很高的政治层面。过去常见这样一些报道，诸如放弃国外高薪诱惑，毅然归来报效祖国之类。现在即使回国，也不是这个说法。回国是一个很个人化的问题，是个人的理性选择。同时还与美国当时就业形势有关，比如当前次贷危机，就业形势比较严峻，已经有工作的还在裁人，何况新就业的，因此当前有一拨猛烈的海归潮。

这次在餐桌上，我见到了朋友一家人，同时见到了松松，这让我大感意外。

我儿子惊奇地问，你回来了，怎么没告诉我一声。

松松说，决定得太突然，没有来得及。

松松的母亲接过话题，是我把他带回来的。

在松松去美国半年的时候，母亲不放心，专程到儿子那里考察了一番。见到的情景让她十分伤心，儿子从小只知学习，衣来伸手，饭来张口，从没有进过厨房。不知包子是蒸出来的还是煮出来的。更重要的是松松到美国的时候已年近30，一切还要和小留学生一样，从头做起，租的房子很小，自己做饭，他没学过这门技术，更没有那份耐心，做出的饭菜非常难看，更难吃。只好

经常吃快餐，一顿两顿还凑合，时间长了，吃得直吐酸水。再加上与导师关系不好，遂生去意。

母亲听了这些，非常难过，因为他们家境很好，在国内有很高的收入，住着很不错的房子。没想到30岁了还让儿子受这份洋罪。于是母亲开始变着法子给孩子做吃的。这事让周围的中国留学生知道了，纷纷到松松家来蹭饭，于是这里成了一个小食堂。

说到这些，松松的母亲痛心疾首，说，世界上最好吃的饭就是中餐，中国饭，连美国人也到中餐馆吃饭，你看看那些留学生吃得有多香！我真不明白，那西餐怎么能吃，那味有多怪，再看那炉灶，就像香火头，烧出的菜都是生的，怎么下咽？

本来松松母亲可以在美国待半年，但她待了两个月就回国了。回来的时候，还带走了松松。

在回家的路上，孩子说，留学生回国的原因很多，吃不惯美国饭的真是第一次听说。

二、一段往事的联想

我想起十几年前看过的一篇文章。

1977～1978年中国与澳大利亚、新西兰进行了关于引进中国屎壳郎的谈判。因为澳大利亚、新西兰急需屎壳郎。中国方面由于本土羊毛质量太差，很想得到澳大利亚和新西兰的长毛羊。由于澳大利亚和新西兰把长毛羊看得比中国的熊猫还珍贵，中国一直无法得到长毛羊。熊猫只有观赏价值，而长毛羊是澳大利亚和新西兰的支柱产业。

谈判结果是：中国分别用5对屎壳郎换澳、新两国各5对不同品种的长毛羊。

屎壳郎原产于中国的中原。屎壳郎的唯一食物是动物的粪便。因为什么粪便都能攻克（吃掉），故称屎壳郎。

为什么会做成这笔买卖？

澳大利亚和新西兰牧区最大的问题是羊屎的大量积累改变了牧草的生态群落。羊吃的草不长而羊不吃的草猛长，这样羊吃的草很快就被羊不吃的草代替。为了解决这个问题，他们只好轮流翻耕土地。然后再种草。这样一来，只有一半的土地能被利用。

他们的科学家注意到中国的牧区从来没有出现这种现象。经过研究，得知中国有一种不起眼的昆虫——屎壳郎，能够把羊屎搞到地下面去。于是他们趁中国打开国门的机会决定不论花多大代价也要引进中国的屎壳郎。

然而买卖成交后，效果却是天壤之别。

这批长毛羊在中国根本无法生存。草原上的草在地球上不同的地区是不同的。澳洲的长毛羊从未见过中国草，即使是呼伦贝尔的优质草场，它们仍然一口不动，饿死不食周粟，颇有我们先民的遗风，可怜这 10 对长毛羊就这样眼睁睁地饿死了。

屎壳郎就不同了，什么屎都吃。所以这几对屎壳郎到了新大陆安家落户，迅猛繁殖。现在的数量已远远超过原产国了。给澳、新两国带来的效益有多大？仅 20 几年所得都不止几千亿美元了。这笔钱用于三峡、南水北调、希望工程都花不完。

我在这里不谈效益问题，而是探究"一方土养一方羊"的原因。

羊只吃它小时候吃过的草，比人要挑食得多。吃错了草，轻则过敏，重则丧命。哪怕饿死，小时没吃过的草长大后它也不会吃。但羊是怎么选择这些草的呢？母羊吃哪种草，羊羔就吃哪种草，绝不越雷池一步。

由此可见，澳大利亚的长毛羊不吃中国草并非遗传，而是习惯。

我孩子同一个实验室有个师兄，时年 36 岁，儿子都十来岁了，这是个很漂亮的小男孩，漂亮得像个小姑娘。这个孩子 5 岁时随父亲来到美国，迄今已经 5 年整，他在美国幼儿园长大，已经完全适应了美国食品，却对中国食品持拒绝态度。

所以，中国人不爱吃"起司"，并非中国人长了一个吃馒头的胃，这与遗传无关。第二代华人从小吃西餐，长大后与西方人的食谱毫无差别，成了一个香蕉人。

三、红色经典与通俗歌曲

我有一个习惯，写作的时候，喜欢放音乐，是那种优美的、舒缓的、轻松的，音量放得很小，这对启发文思有莫大的好处，特别是作品中需要某种意境的时候。

因此从网上"荡"歌成为一种乐趣，有时为找一支歌曲，会花费很长时间，很大精力，比如一些俄罗斯歌曲《纺织姑娘》、《小路》、《太阳落山》，还有五六十年代一些电影歌曲。我把这些歌曲刻成光碟，经常播放。

那天邻居家的一个孩子来串门，有十七八岁吧，一进屋就皱起了眉头，这都是些什么歌呀，难听死了，瞧您还是个文化人，怎么听这些？

我惊讶地说，这都是当年最有名的歌曲，很好听呀！

他撇了撇嘴说，不好听，我爱听周杰伦，接着列举了一大堆他心中的偶像和歌名，我基本一无所知。不过，每当我看电视中那些歌星忘情的闭着眼狂吼，台下听众仿佛气功大师做报告的痴迷场面，非常不理解，正像邻家的小孩子说的，一片噪音。

有一段时间，我曾告诫自己，是不是上了年纪，大脑老化，跟不上潮流了，于是专门找了一张光碟，全是流行歌曲，硬着头皮听了几次。我自觉对音乐还是有一些感觉的，但听这些歌曲纯属折磨。那种似说似唱的风格，那种简单重复的音符，我实在无法忍受。

其实对流行歌曲，我倒不是完全的拒绝，比如刘欢的、毛阿敏的，听起来蛮不错，仔细品一品，虽然他们也称为通俗唱法，但与民族唱法最为接近，因此老少咸宜，因而也有最广大的听众。后来得知，凡是年轻人最喜欢的歌曲，老年人最反感，反之也成立，非常极端。而刘欢、毛阿敏的歌曲则是一种缓冲。

歌曲如此，还有连环画，我小时候攒了很多小人书，什么《水浒》、《三国》、《红楼梦》、《铁道游击队》等等，也知道华三川、范生福、贺友直等连环画大家，那时我对小人书爱不释手，文字还在其次，主要看画，有些画面至今还能想起。但后来连环画衰落了，原因何在，冯骥才曾专门撰文，原因是小人书本来受众群体是一般老百姓，连环画的风格基本为写实手法，但后来现代派逐渐占领了连环画界，一般老百姓看不懂，不爱看，不是现代派如何，而是选择的受众群体不对，这才是连环画没落的原因。

但说连环画已经灭绝我倒不敢苟同，这几年连环画比以前不是少了，而是更多了，印刷也更加精美。只是我欣赏不了，说不爱看是假的，看不懂倒是真的，现在的连环画都是卡通画。

小说家阿成写过一篇小说，构思很奇特，一位下岗工人，在家闲呆无事，于是看起了卡通小人书，一开始看不懂，费了好长时间，学习、领会，终于把卡通画研究明白了，这是个黑色幽默。其实阿成说的大部分都是实话，看卡通真不是任何人都能看懂的。

有一次带儿子去北京游玩，还是在他上初中的时候。在十三陵水库旅游景区，我们看了一部电影，叫《太空堡垒》，这是一部立体大片，电影放映过程中，椅子随着情节剧烈摇动，对白全是英语，看完后，我脑子里乱七八糟，一点儿也没看懂，还觉得腰酸背疼。问儿子，竟然能说出个大致轮廓，有情节，有人物。我非常奇怪，是不是你听懂了他们的对话，儿子说，还用听对话，那么简单的情节还看不明白？

其实歌曲、卡通、动漫之类，以及其他许多门类的艺术，受众群体是分年龄段的，上年纪的人用不着悲观，更不能指责年轻人的喜好，这完全取决于幼年所接受的教育。这种好恶水火不能相容，是很难改变，甚至是无法改变的。这么简单的道理我是花了很长时间才弄明白的。

一篇科普文章让我豁然开朗，原来我们大脑里有神经元，本来这些神经元是空白的，当给你吃某一种食物的时候，你的神经元就和某种食物联系在一起，以后不断地吃，就会不断地强化，最终你的神经元只和你吃过的食物联系在一起，而没吃过的食物就被拒之千里，这就是长大了以后，吃饭习惯几乎无法改变的生理原因。

其他如音乐，美术等艺术领域的东西同样如此。

四、延安之行的启示

那年，我参加了一个西北作家采风团到延安采访。在参观之余，作家孙少山问我，毛泽东为什么建国后一直没有回过延安？

这个问题我曾考虑过多时，也见过对此有关猜测的文章，但大多说服力不强。于是我老老实实地说不知道，并想倾听他的高见。

孙少山是"八百米深处"走出来的作家，年纪小我两岁，经常有一些非常"嘎咕"的想法。他没有直接回答这个问题，却问我，你一生经历过几个阶段，你对哪个阶段感情最深？

我出生在北京，然后下乡，最后辗转到哈尔滨。我脑子里转悠半天，最后说，是农场？

他问，为什么不是北京？我说，那时的记忆有些模糊了。他又问，为什么不是哈尔滨。我说，虽然这里比农场舒服不少，但总觉得我是个外乡人，这里不是我的家。

他想了一会儿说，你说我最怀念的是哪个地方？是煤矿。

孙少山这一句话把我镇住了，我知道，他所说的煤矿不是国有现代化大煤矿，而是人民公社办的小煤窑，一色笨重的体力劳动，事故、危险，甚至死亡，随时都可能发生。

我说：你的罪还没遭够？

他反问：你在农场享福了？

我无语。

我们一时陷入了沉默。

孙少山说，他在煤矿是20到30多岁这个年龄段，正处于人生的黄金时段，精力旺盛，思想活跃，对外界刺激敏感，当然也是最有激情的一个时期。当人到垂暮之年，最怀念的肯定是这段时间。无论你在此期间经历的是幸福还是苦难。

他告诉我，只有在井下，四块石头夹着一块肉的情况下，在生和死之间走过多少个来回结下的友谊才是最深沉的。那次他回

到干过活的东宁县，去看守所看一个死刑犯，一个与他曾在一块儿挖过煤的伙计，虽然那个人犯罪了，但还是他的伙计。

毛泽东没有回延安的原因我们没有继续讨论，孙少山的回答已经说得很明白了。

五、传统的力量

说了半天，还是回到开篇的话题。

我在美国采访过的一位华人终身教授，他喜欢教师这个行业，因为每一位学生都带来了自己国家、民族的文化以及信仰、传统、习俗，世界上各种族的学生他都教遍了，由此他深切感觉到美国这个社会的丰富多彩。在每年开学的时候，他都会找每一位新生长谈，他知道每一个学生都带有独特的背景，家庭状况、个人习惯、爱好、癖好、经历等。他要了解他们，适应他们，帮助他们，但有一点，就是不要试图改变他们，而是尊重他们，并适当做一些疏导，融入美国这个"社会大熔炉"。这些学生年龄都在 20 多岁，至少读完了本科，在他这里完成博士学业。种族、国家、个人经历都在他们身上打下了深深的印记，而这在某种程度上说是根深蒂固的。

中国的《三字经》说，性相近，习相远，在以汉族为主的中国适用，在多种族的美国同样适用。我理解这个性是人性，人的本性，是人类的普世价值观。普世价值是客观存在的人类共同价值观，是放之四海而皆准的，人们必须认识、接受和实践这种价值观，而不能随心所欲的挑挑拣拣，对普世价值的拒斥和反对，是一种落后和不开化的表现。来到美国以后，我们马上会感觉到中美之间的巨大差异，但我们不要忘记，同为人类，还是共性多于差异性。习相远与性相近并不矛盾。

但你不能因此而否认差异性，种族之间，不仅是肤色，相貌的差别，而是多方面的差异，仅一个口味就足以说明差异有多大：这里是世界各地食品的展销柜，日本的寿斯、韩国的拌饭、墨西哥的卷饼、意大利的空心粉、印度咖喱饭……那么其他方面呢？

我想起了孔子的一句话，"己所不欲，勿施于人"，圣人确实圣明，倘若把自己所讨厌的事物硬推给他人，不仅会破坏与他人的关系，也会把事情弄僵。我赞成这种观念。同时还要增加一句："己所欲，勿施于人"。因为己所欲与己所不欲，都是个人的好恶，都不应当强加于别人，也没有理由强加于别人，特别是在多元化的社会和多元化的国度。

小伙子 CJ

我们家的斜对门，有个小男孩，10 岁模样，是莱克西的哥哥，长得很帅，金黄色短发略带卷曲，趴在滚圆的脑袋上。眼睛很大，与妹妹相貌相似。穿一件红色的短袖衫，给我留下深刻印象的是他的双手，很是粗壮，还有些粗糙。

小家伙名叫 CJ，有点儿怪，这样的名字怎么拼？儿子说，就直接念字母，美国人这样的名字并不少见。CJ 的父亲在保险公司工作，母亲在银行上班。

在这条小街上，在我的视线中出现次数最多的人就是这个小男孩。

这个年龄，应该是小学三四年级的学生。每天在下午三四点钟的时候，学校的大巴车准时把小学生送回，孩子们三三两两地结伴回家，连说带笑，连打带闹。其中有白人，有黑人，也有南美人。但我一次也没有看见 CJ 坐大巴车回家，但有一点是肯定的，不是父母把他接回家的。

所以经常看见他，是因为他总是出现在自家门前，有时在草坪上，有时在车道上，而且是忙个不停。那次看见他在擦车，CJ 家里共有 3 辆车，有一辆是帆布篷的，按理说两辆已经足够，多出来这一辆肯定是开着玩的。CJ 干活很仔细，也很卖力，常常干得满头大汗；还有时他在铲雪，因为这里冬天经常下雪，雪大了车就进不了库；更多的时候是在草坪干活，其实美国人的家务活少之又少，但这个孩子却像个蚂蚁，天天忙个不停。

我在心里赞叹，真是个勤劳的孩子。

当然更多的时候他还是在玩。那次是3个孩子，他，妹妹莱克西，另一个是个女孩，比CJ还要高出半头。CJ和莱克西一人驾一辆摩托车，一圈一圈地在房前房后的草坪上兜圈子，大一点儿的姑娘手执一面小旗，俨然是个交通警，笔直地站在草坪中央，看着哪个不顺眼，小旗一举，马上就得停车。然后走过去，敬一个礼，又说了几句什么话。

这次倒霉的是莱克西，她把头盔交给交警，把车停下，乖乖地站在一旁。眼睁睁地看着CJ神气活现地一圈又一圈地奔跑。这时小旗又是一举，轮到CJ受罚了，他把头盔照样交出，把车停好。莱克西解放了，兴高采烈地上车了。驾车者奉公守法，认错服罚；执法者纪律严明，赏罚分明。这3个孩子玩得十分尽兴，一直到中午才各自回家吃饭。

然而，我对CJ刮目相看缘于这样一件事。

这件事是儿子告诉我的，那还是去年发生的事，有一天，外面有人敲门，打开门一看，是CJ，稍有意外，因为CJ从来不串门。他不说话，递上一张纸，儿子看了一眼，是张小广告，原来CJ自荐可以修剪草坪，而且明码实价，一次15元。第二天，CJ就上岗了，显然我儿子是他的第一个雇主，他父亲也跟来了，父亲如此这般给他示范了一圈，然后又看着CJ干了一圈，才放心地走了。看得出来，CJ的这次散发小广告的策划者可能就是他的父亲。

CJ把草坪剪得非常整齐，地边地脚也没有放过。儿子付给他20元，奖励他干得圆满。

后来，儿子又雇了CJ一次。同样付给20元。第三次，儿子并没有发出邀请，但他不请自到，在付完工钱以后，儿子告诉他，以后雇他会事前打招呼。小家伙很机灵，一听就明白了。

不过，这些都是听儿子转述的。亲眼所见是在今年夏天。那天天气很热，至少有摄氏 34℃，我听见窗外嗡嗡的响声，走到窗口一看，有剪草机在工作，声音来自隔壁家的草坪。奇怪的是 CJ 在剪草。这个剪草机比我家的略大一些，人可以站在上面。小家伙戴着耳包，目的是防止剪草机的震动声音，到了地头，他会很熟练地转弯，看来他对剪草工作已是轻车熟路。他一圈一圈地剪着，一点儿也不嫌厌烦，而且脸上带着自得的微笑。邻家院子里摆着一张圆桌，还有 4 把椅子，看看小家伙怎么处理，他会绕开那块地方吗？他一圈一圈地干着，当剪草机正对着桌椅的时候，他停了下来，开始搬动椅子，CJ 个子不高，只能用双手把椅子抱起，挪到已剪过的地方，4 把椅子挪过后，再搬桌子，我看得出，那张桌子是铁制的，应该很重，CJ 想了想，然后开始把桌子抬起，而不是拉动，拉动肯定会伤害草坪。他吃力地把桌子一点一点挪开，把桌子与 4 张椅子归拢到一块。于是嗡嗡的剪草机的声音又欢快地响起来了。

后来我走到窗口，窗外已经恢复了寂静，CJ 已经不在了，留下的是平坦整齐的一片草坪，令我惊讶的是那张圆桌，4 把椅子摆回了原位，就像从来没有被搬动过。这一刻，我的心猛地动了一下，也许邻居回来，并不理会小家伙割草的全过程。

儿子说，CJ 在家里干活，其实父母也是付费的，美国人在钱的问题上与中国观念很不一样。大人从小就给孩子灌输如何挣钱的观念。挣钱起码有这么几个好处，一是知道挣钱不容易，是自己付出劳动换来的，也就理解了父亲、母亲的辛劳；二是挣钱光明正大，有劳就有得，有劳才有得，明码实价，按劳取酬，天经地义。君子不言利有些虚伪，君子爱财，取之有道，才解释得通。

我曾看过一些美国企业家的传略，比如摩根、洛克菲勒这样成功企业家的经营之道，非常欣赏他们教育子女的方式。往往孩子挣的第一笔钱都是从干家务活开始的，教育孩子从小就知道"向钱看"，怎样挣钱，怎样理财，对将来适应社会，并择机创业有莫大好处。

但我们国内的家长恰好相反，非但不会教育孩子赚钱，还会尽量避免在孩子面前谈钱，让孩子觉得钱很脏、很龌龊，要远离钱这个东西。记得在"文革"前我曾看过一篇文章；一次孩子帮他擦自行车，他给了孩子两块钱。过两天，孩子问他什么时候再擦车，引起了他的警觉，孩子钻钱眼里了，雇佣观念，如此下去，怎么得了，能上升的高度都想到了，越想越可怕。现在看起来可笑吗？未必，对孩子金钱上的教育，我们比"文革"之前并没有进步多少，主要是怕孩子被金钱熏染，唯利是图。以为船到桥头自然直，将来孩子自然会明白的。

依我个人来说，真的不会支付挣到的第一笔工资，那时家里生活拮据，只知道留下自己的饭钱，剩下的都交给家里了，风格可嘉，但绝不是理财的方式。

小小的 CJ 给我上了一课。只是我没有问及这个孩子是如何支配他挣来的这笔钱。

其实美国人并非如国内人所说的除了金钱没有别的关系，干什么事都要讲讲价钱。那次下大雪，雪下得很厚，我在车库前铲雪，CJ 的父亲，一个非常结实的中年人，过来帮忙，他使用的铁铲比我的要大出一半，所以路面的雪至少有四分之三是被他清掉的，刚干完，他说了一声拜拜就走了。

小区逸事

我非常怀念北京的四合院。

四合院是正宗的京味文化，北京讲究正南正北，方位是非常精确的，因为这里是明清两朝皇宫所在地。中轴线是指明清北京城的中轴线，北京的城市规划具有以宫城为中心左右对称的特点，很多建筑都建筑在对称轴上，称为中轴线。北京的中轴线南起永定门，北至钟鼓楼，直线距离长约 7.8 公里。

我家住在中轴线不远的鼓楼大街上，按过去的说法是在城里，现在的说法是二环之内。北京的四合院都是平房，分东西南北房，北房最优，西房次之，东南房就不怎么样了，东房热，南房阴，有句俗话，有钱不住东南房。还有句话叫衙门口冲南开，有理没钱别进来。衙门都是坐北朝南的。

我家的院子不小，住着七八户人家，北京夏天热，老房子更热，只是一面有窗，没有穿堂风。家家都在院子里摆上饭桌，放几条板凳，在院子里吃饭，饭菜摆在桌上，清汤寡水，粮肉鱼蛋都是定量，谁也不比谁强。家家门户大开，谁家衬多少家底，一清二楚，所以北京大杂院很少有隐私可言。

贫穷困窘却不限制交往的密切，谁家没酱油了，到邻家去取；这月粮票吃不到月底，找邻居家借，只要能帮忙的，谁都会搭把手。

后来参加工作，先在农场，后来落脚在城市，住的就是楼房了，楼房呈垂直分布，见高不见远，在院子里朝上看直眼晕，院子很小，大人孩子很难在那里活动。因此人们彼此很不熟识，住了这么多年，我也没有把一个楼道里的人认全。

因此就十分怀念北京的四合院。

美国的民居可能国内人不太熟悉，以我儿子居住的小区来看，既不是北京的四合院，也不是现代化大城市里的板式楼、点式楼，而是一幢幢独立的小楼。

这是个离州府哥伦布大概有 30 分钟车程的小镇。一条小路向前延伸不过 200 米即到尽头，路两边是一幢幢的小楼，风格相似，但仔细看时，却没有两幢房子是完全一样的。可见设计者的精心之处。

我家住的是二层小楼，一楼为客厅和厨房，二楼为卧室，下面有一个很大的地下室，紧挨楼房的是一个两泊位的车库。这个小区里有两三幢是大平房，这是给喜欢住平房的人准备的。

值得一提的是家家房前屋后都有宽阔的草坪，那次步量了一下，大约在 1000 平方米左右，约合一亩半地。每到周末，家家就会出来剪草，整个小区嗡嗡声一片，空气中弥散着青草的气息，这个气味很清新，很好闻。

　　领地开阔当然是好事，不过也有烦恼，草坪只许管好，不许管砸，即使没人出面干涉，自己面子也实在过不去，草黄草绿明摆着的事。那天饭后，我沿街考察了一番，儿子管理的草坪只能算中等偏下，中间有不少杂草，还有部分泛黄。管得最好的是我们斜对家，也就是 CJ 家，他家有自动喷灌系统，还经常洒药、上肥，那次见 CJ 的父亲推着一个特殊的剪草机，把草的边缘剪齐，很像理发最后一道工序"刮边儿"。一家人会花费很多时间在草坪上，并乐此不疲，草坪是不蒙人的，你敬它一尺，它还你一丈，所以他家的草坪一直是绿油油的。

　　儿子对此兴趣不大，那次实在挺不过去了，就雇人洒药、施肥，果然不出一个月，面貌大变。所以说，若想管好草坪，一是要花钱，二是要出力。

　　小区给我最深的印象就是静，当人们上班以后，只有不远处大道上传来刷刷的过车声，还有时飞过一群群的鸟，咂咂叫上一阵，之后就是绝对的寂静。这里大白天居然能看见鹿，有时两只，有时一只。悠闲地溜达一阵，又从容离去，没有一丝警觉与慌乱。

　　我和老伴儿到来的时候已是深秋，天气凉爽，树叶纷纷下落，街上几棵枫树却红得耀眼，像燃起了火苗，我小心地采了几片枫叶，夹在书页之中。

　　人们下班后，房后草坪是一家人栖息之地，摆上桌子，几把折椅，大人喝茶喝饮料聊天，小孩子在草地上玩耍，邻家还装上了秋千、滑梯。

　　儿子搬到这里已经 3 年了，3 年间认识了不少人。这条街上只有一家黑人，我们一家华人，剩下都是白人了，彼此之间都很客气，见面都打招呼，开车过去也会向路边上的人招招手。

这让我想起了国内，想起了北京的四合院，还有哈尔滨的楼区。美国的小区，人家的密切程度应在两者之间，比国内楼区要亲密一些，因为大家活动场地主要在草坪，彼此见面的机会很多，自然熟识，当然与四合院是无法相比的。到邻家不能拉门就进，美国人不大喜欢串门，有时会在路上，家门口聊上几句，但一般不进家门。

也有例外，那次我家孙子出生，邻居大多拜访一遍，非常热情，盛赞孩子漂亮聪明健康，以及可以用遍的美好词汇。虽然这是礼节，但听者还是很受用、很舒服，谁不愿意听祝福的话呢。当然他们到来都不是空手，会带来一些礼物。有玩具、画册、手推车、小床，还有许多小衣服，袜子之类，这些东西都是旧的，是他家孩子用过的。看来美国人送礼与中国人区别不小。我想中国人给新生儿送礼，如果送旧货，那是对主人的大不敬，是瞧不起人，是小气，肯定拿不出手。中国人很重面子，只要钱花到了，情分就算到了，至于东西是否适用，那就另当别论了。美国人很节俭，生活富足并不是挥霍浪费的理由。美国人更实惠，也很朴实，他们送来的东西肯定是可用、好用、好玩的东西，所以没有一样是可有可无、华而不实的摆设，假定置齐这些物品，也是一笔不小的花销。

这些东西孙子使用过后，也许会留给他的弟弟妹妹继续使用，最终还会送给更需要它们的邻家孩子。小孩子生长发育迅速，一用一过的物品很多，过后完好无损，丢弃实在可惜。让这些东西做到物尽其用，中国家庭应该效仿。

和孙子打得火热的有一个小姑娘，名叫莱克西。儿子喜欢叫她亚克西，亚克西是一首新疆歌曲。小姑娘当然不懂其中的含义。

那天我们在车库里逗孙子玩，一个小姑娘脚踏一辆双轮小车飞也似的冲了过来。一见面就夸张地哇哇大叫，孙子立刻喜眉笑眼，兴奋异常，看来是老朋友了。

这是个白人小姑娘，脸色晒成健康的古铜色，两只碧蓝的大眼睛，鼻子高而挺拔，梳着一条马尾辫，呈不均匀的亚麻色。小姑娘已经上学，只有 7 岁，7 岁的小姑娘个子很高，双腿修长，这是我们中国孩子很难见到的体形。她嘴不停地叫着，我们听不懂，但孙子似乎心有灵犀，一直欢快地响应。

她拍拍双手，孙子竟然张开了双臂。莱克西抱起孙子就走，其实是跑，她直奔草坪，深一脚，浅一脚，趔趔趄趄地跑，这个小姑娘力气很大，老伴儿很担心地跟在后面，做保护状，但莱克西和孙子都很高兴。她抱孩子的姿势很怪，不是抱在胸前，而是让孩子双腿叉开，骑在她的胯骨上，这样抱孩子会省很多力。后来在超市中看见美国大人抱孩子也都是同一姿势，看来连抱孩子的方式都是有传统的。也许，莱克西会觉得我们抱孩子的样子很怪。

我看见莱克西的门牙上有金属丝状的东西，就指了指她的牙，她弄懂了我的意思，并张开嘴，我看清了，这是在矫正牙齿，几条金属丝在上牙膛处打了一个结。儿子说，美国人很重视牙齿的保护，一般每个儿童都会戴牙箍，所以美国人的牙齿都很整齐、洁白，这不光是美观，也是健康的保证。

莱克西的哥哥 CJ 却从来不和孙子亲近，只是在一边微笑着，一副小男子汉的气派。

有时我看见莱克西的父亲手里握着一个瓶子，不知是饮料还是酒，一边走一边喝着，走向隔两个门的一家。儿子说，他们两家走得很近，时常串门。

和儿子交往比较多的还是住在这个小区附近的华人，他们是怎么走到一起来的？有的是在超市碰见，但大多是在教会相遇的。

儿子离基督徒还差得很远，但对此并不排斥，孙子降生之前，有时周末去教堂做礼拜。现在有孩子了，去得少了。但与小区的华人倒是经常聚会，据儿子说，美国人从来不去教堂的人很少，基督教是美国的国教。

我参加过几次华人举行的 Party。

他们都是与儿子一样在公司上班的工程师、会计师，住的房子也大同小异。一般家庭里都有两个孩子，儿子在这里年龄是最小的，最大的也不过40出头。说起这些人的来源就比较复杂了，有来自大陆的，能占少一半，有香港的、台湾的，还有的来自马来西亚等国的，但一句汉语就把他们联系在了一起。

在美国养孩子远没中国大陆那么精致，中国大陆都是独生子女，一群大人围着一个小孩子，似众星捧月，想不精致都不可能。但这里孩子养得很粗放，聚到一起，孩子们高兴了，在地上打滚、打闹、乱扔东西，没人制止，不太懂事的抓起什么都往嘴里塞，大人也听之任之。最有意思的是吃饭的时候，主人家的两个小孩子，一人一座，一张小桌卡住身体，再戴上围嘴，大人把饭碗和勺子交给孩子就不管了，那个大的是个女孩，吃饭没有困难；小的是男孩，刚满一岁，大把攥住勺子，晃晃悠悠地把饭送到嘴边，有的吃进去了，但至少一半撒在了桌上，再看脸上、腮上，甚至脑门上，头发上都是饭粒，他的父母照样和我们谈笑，并不理会两个孩子。那个小男孩把碗举了起来，呜呜啊啊地叫着什么，原来是碗见底了，没吃饱，再要一碗，于是母亲接过碗来，又盛了一些放在桌上，对我说，吃不饱他会要，不会饿着的。

这让我很感慨，这一切，我儿子和儿媳都看在眼里，这就是榜样。

再一次见到这个男孩，已经是一年后在超市的游乐场里，独自在玩滑梯。我问，还会把饭粒弄到脑门上吗？父亲骄傲地说，我们已经是男子汉啦！

也说外来语

在国内，人们最瞧不起某公在说话间有意无意蹦出一两个英语单词，认为是在卖弄，是在用"散装英语"唬人，假洋鬼子一个，浅薄之至！

与此相反，丁肇中先生在一次为中国大学生的演讲中，两个多小时竟无一个英语单词出现，这是大师的境界，更是一种能力。

在美国的留学生之间，应该没有卖弄的必要了，谁唬谁呀！可我在美国探亲时，与他们对话，尤其是听他们之间对话，中英间杂，甚是严重，让我云里雾里，不知所云。后来才知道，这里使用的很多英语词汇，从来没有人翻译，用中文表达的难度远大于英语。比如有一次野餐，家家都带着一种称为库勒尔（cooler）的东西，是一个箱子，里面放上冰，把容易腐败变质的肉，鱼之类存放其中，我问他们，中文是什么意思，这么多学生，竟没人能够马上答上来，在中国根本没有这种物件。我回家查了金山词霸，是冷却器之意，但你如果在他们之间叫冷却器，恐怕比听中英间杂还要讨厌，故作斯文！库勒尔可是个好东西，美国随处可见，箱子加冰，鱼肉保鲜一天没问题，超市中有专卖冰块的地方，非常便宜。但这个东西为什么没有在中国传播开来呢？我想库勒尔主要用于野餐，美国人非常喜欢郊游，在公园里吃烧烤，是个亲近大自然的机会，也许这个爱好将来会在中国流行，但现在不会，车是个大问题，库勒尔很重，没有私家车是万难做到的。等中国人买汽车像自行车一样容易了，这种东西也许会出现，出现之后可能会译成一个非常贴切又动听的名字。其实叫冰箱是最合适不过了，但已有通电的豪华冰箱在前，忝列其位，自惭形秽，只好另外择名，活动冰箱？小冰箱？都不确切，还是称作库勒尔吧。

与之相近的还有美国称之为"冒"（mall）的东西，里面非常之大，但更宏伟的是圆穹或拱形的屋顶，里面是一家家的专卖店，专营服装、鞋、首饰、文具、体育用品、药物等，还有滑旱冰的，小孩玩的免费游乐场，让人想起老北京的东安市场。我们路过一个摆在通道上的摊位，摊主拿过一个三角围巾之类的东西，送到我的鼻子下，有一种说不清的异香，然后不容分说给我围在了脖子上，接着又拿了一条腰带状的东西，我马上想起了神功带之类，非常反感，没等他围就离开了。

我问孩子，"冒"是什么意思，儿子说，如果直译应该是商场、商业街、林荫道。但不准确，因为中国实在没有这类东西，它是由一家家独立的专卖店组成的，说是商业街吧，倒是有点儿像，可它又有屋顶，对了，就是商业街戴了"帽"吧。最近在网上看了一篇文章，说是北京人逛"摩尔"，一看，就是这种东西，人家已经音译在先了，而且洋味十足，高人呵！看来这个时髦的词汇很快就会流行。

还有当趟（downtown），是市中心的意思，英语是在市区，往市区的意思，在留学生中使用频率很高，是俗语，很像东北人说的街（发音为该）里之意。

把停车（parking）说成趴车，应是音译转换而来，推而广之，管残疾人停车叫"残趴"，一辆辆汽车停在路边叫"平趴"，平行趴车，很看技术。

话说到这里，我不禁钦佩翻译家的高明。比如可口可乐（Coca Cola），既有音译，又有意译，臻于完美；又如奔驰牌汽车（Benz），如果翻译成本兹，可就把好车叫瞎了；UFO，不明飞行物、飞碟、都是一种东西，翻成幽浮妙不可言，是音也是意，飘浮的幽灵，优美精确。

拖拉机（tractor）也是一个翻译准确的标本，但我觉得这个词似乎出自俄语（mpakmop），因为出现这个词汇时，正是中苏蜜月时期，与此相类似的还有康拜因（联合收割机）、布拉吉（连衣裙）、马神（缝纫机）、戈壁丹（军官）、骚达子（士兵），在东北非常流行。维达罗是个特例，维达罗就是水桶，但为什么不叫水桶，是故弄玄虚？非也，中国水桶上下一边粗，而俄国水桶却是"下边细来上边粗"，维达罗与水桶不是一种东西。还有大列巴，就是面包，面包哪国都有，俄国有，美国有，中国也有，但大列巴特指俄罗斯那种大如锅盖的酸面包。

前些时候看过一篇文章，说哈萨克斯坦有个陕西村，这里的居民是清朝太平天国时期迁过去的，陕西人后裔，至今还保持着汉语和陕西方言，活标本。有些词汇还沿用古时的，管政府叫衙门，干部叫衙役，飞机叫"风船"，这个称谓颇有诗意，是在风中、空气中行走的船。但是计算机、半导体之类，太平天国那会儿没有，只好借助外来语了。

常见一些美籍华人好起外国名，什么张约翰、李保罗、孙大卫，总觉得他们反了教，忘了祖宗；后来发现，在中国的老外，也起中国名，比如韩春、杨早、白理智、彭定康，还有大山，听着舒坦，心理平衡了。其实这么做是叫着方便，中国人很难发出英文的语音，所以外国人要起一个中国名，是方便中国人。同理中国人起外国名，也是为了外国人好叫。外国人读中国人名总是怪声怪调，还会出笑话，有个留学生叫张冰，汉语拼音为 ZHANG BING，他的美国老板总是读成詹戈宾戈，一叫中国留学生就乐。

虫鸣鸟啼入梦来

从哈尔滨登机，直到飞机降落在辛辛那提机场，我在天空和机场熬过了漫长的 22 个小时，等躺到床上时，已经是半夜 12 点钟了，我的家乡应该是正午 12 点整。

午夜的窗外不甚明亮，但也不是一团漆黑，这时耳边响起了一片喧闹之声，是叫不出名字的虫子的鸣叫，声音由远及近，由小及大，有节奏，有韵味，一直把我送入梦乡。

第二天，我被一阵清脆的鸟啼吵醒，一睁眼，眼前白亮亮的一片，太阳已经老高了，看了看表，9 点整，该是早晨 9 点吧，在地球的那一侧应是夜晚 9 点钟，刚到这里，很容易这样对比。

孩子领我们来到辛辛那提大学校园。学校坐落在半山坡上，到处是绿树和草坪。我看见一只松鼠，摇着长长的尾巴，倒爬在距离我们一两米远的树干上，睁着圆圆的眼睛看着我们，一点儿也没有惧怕之意，我伸出手吓唬它，它仍不为所动，后来我走近几步，它才跳下树，逃进草丛。

孩子告诉我，他曾看见两只松鼠打架，真是一场恶斗，斗得昏天黑地，从树上打到树下，从草坪打到马路，上蹿下跳，还耍起了后空翻的功夫，根本没有把路边的人放在眼里。

松鼠是这个城市的常客，没有一天不与我见面。它们与树林、与草坪、与楼房、与人群同在。

有一天我在学校的一栋大楼的过道里见到了一只松鼠，正在大模大样地溜达，见了我们，不但不跑，竟然停下脚步，瞪起眼睛看着我们，还抬起前爪站了起来。我忙掏出相机，连续拍了几张照片，而且还打了几次闪光灯，这个家伙并不在乎，还是站在原地不动，表演充分后才从容离去。

那天下午在家，听到一种怪异的声音，寻音望去，原来是窗外一只松鼠在鸣叫，一声连着一声，有些凄凉，有些孤寂，我从来没有听到过这种声音的鸣叫，更没想到这种声音竟发自松鼠，其实叫声更像鸟叫，像是枭鸟，又不大像。它就趴在我们窗外的树枝上，孩子拿出摄像机录了下来。过了一会儿，它似乎叫累了，就伸开四爪，平躺在了树上，很是舒坦。这时，孩子把录像机回放，图像它看不见，声音显然听到了，它突然站立起来，警惕地四处张望，不一会儿就找到了声源方向，定定地向屋里张望，然后从树枝一下子蹿到房上，一溜烟儿逃掉了。

与松鼠相处时间长了，我得以近距离，仔细地观察这些小家伙。跑起来的时候躬着腰，一蹿一跳，大尾巴平伸拖在身后，就像舵一样掌控着方向；在地面闲逛时，尾巴又像是旗杆一样高高竖起；当它前爪抬起，捧着瓜果进餐时，尾巴又会打上一个折，呈现一个问号，十分轻松与惬意。这是松鼠的肢体语言，向周围表达它们的情绪与意愿。

那次我们去华盛顿旅游，在白宫门口看到了有意思的一幕：工作人员在喂鸽子的时候，不知从什么地方跑来一只松鼠，跟着吃蹭食，它前爪抬起，脖颈伸直，等着喂食，见玉米粒撒在地上，就和鸽子一起争抢，并不见外。有个游人扔下一块糖，它就用两只前爪捧起，伸出舌头来舔。这只松鼠又大又肥，后来多次在华盛顿看到松鼠，一个个都是肥头大耳，看来首都的松鼠也沾了不少光。

美国是松鼠的乐园，也是其他野生动物的乐园。

有一次逛辛辛那提动物园，这座动物园之大令我吃惊，与城市规模并不相称。后来才知道，辛辛那提动物园在美国也颇有名气，还接待过中国的大熊猫佳佳。我看到了心动的一幕：一只只蓝孔雀在园中逛来逛去，自由自在，一个五六岁的孩子跟在孔雀身后，亦步亦趋，脖子一伸一伸地，学着孔雀走路的姿势。这里的孔雀是散养。

那次我们去一个美国人家里串门，这是个富人区，坐落着一幢幢的小别墅。家里的小姑娘告诉我们，她家房后有鹿，有时一只，有时三五成群，每天都能看见。这让我非常惊奇，这个居民区并不偏僻，只是树多了一些。

有时，车行在高速公路上，在一些路段，经常出现一些特殊的标志，有鹿、狐狸、熊的头像，这是在提醒人们开车时小心，不要撞坏了动物。看来这里真是动物的天堂。

不过在美国的 3 个月生活，有一点颇不习惯：这里的猪肉、牛肉还有鸡肉，肉色暗红，很不鲜亮，孩子说，这里的家畜与家禽都不能屠宰，动物保护协会反对，认为太残忍，只能用电击死，也就不能放血了。所以这里不会有中国特色的杀猪菜，更不会有血肠可吃了。这倒与中国的孔孟之道君子远庖厨殊途同归，人道或是兽道讲了，只是肉难吃了，不放血的肉吃起来总有一股"血腥"味。

关于"饭前便后要洗手"在美国的执行情况

在美国常去餐馆吃饭，以中餐馆为多，除了口味的原因，价格也很重要。三四个人，30 美元吃饱喝足不成问题，折合成人民币，与国内饭店相差无几。挺大个的龙虾，价格每磅不过八九美元，比中国便宜多了，活蹦乱跳的，辛辛那提是内陆城市，离大海远着哪，沿海城市波士顿大龙虾最有名，也更便宜！可见国内离谱的价格全是炒出来的。

那次在中餐馆吃饭，坐定，点菜，在等待上菜的时候，我对孩子说，去洗洗手吧。餐馆老板娘操着蹩脚的普通话笑着说，饭前便后要洗手，从小就是这么教的——四要三不要嘛！我很吃惊，不禁仔细打量着眼前这个老板娘，胖胖的，挺敦实，四五十岁，这里开中餐馆的以台湾和闽南人居多，那么这位应为大陆人，而且必定在大陆长大。一句话就把我带进了"火红的年代"，这种话连我听着都耳生了。

饭前便后要洗手是中国人的规矩，美国人如何？

美国人生活不大讲究，甚至很粗糙，远没有国内一些人仔细，包括卫生习惯。

美国人饭前不爱洗手是到美国后才听说的，我很感意外。野餐情有可原，但在餐馆里就说不过去了，何况美国人有用手拿薯条蘸番茄酱吃的习惯，洗手应是必不可少的，但美国人并不介意。

为什么饭前不洗手？我听到过一种解释：天造地设，自然合理，包括手上的灰尘与细菌。一听就是歪理邪说，为懒惰找借口，果真如此，美国人每天坚持不懈的洗澡该做何解释？

其实我早已注意孩子取消了饭前洗手的习惯，这在国内是不被允许的。我调动过几次工作，家也搬过不少次，无论是在农场，还是在城市，饭前洗手的习惯坚定不移，雷打不动，哪怕是在水里涮一涮，例行公事，程序也必须走完，否则是不能上饭桌的。

美国人饭前如此，便后呢？

美国微生物学会曾赞助进行一项研究，在对5个城市使用公厕习惯的调查发现，纽约人表现最差，是最少在使用公厕后洗手的。研究人员在纽约两个火车站厕所里，假装不停地梳头或化妆进行观察。他们发现，大约二分之一的美国人如厕后不洗手，而在4年前，这个比例只有三分之一。

据我不太留意的观察，在哈尔滨条件允许的公厕里，人们大多能做到便后洗手，虽然不能说百分之百，但肯定不至于只有一半。

由此美国微生物学会开始赞助一项"清洁双手运动"，教育人们洗手的重要性，以防伤风、腹泻和其他传染病蔓延。美国政府还特地建议国民经常洗手，用肥皂或洗涤液洗手，每次洗手不要少于20秒，以免脏手造成食物污染或导致食物中毒。

众所周知，美国空气透明，环境干净，初到美国的中国人都有一个切身感受，自己的身体棒了，伤风感冒少多了，其实主要原因还是病源少。但这仍然不能成为饭前不洗手的理由，更与便后不洗手没任何联系。

过去在黑龙江垦区下乡时，在老职工家里吃饭，筷子掉地上，用手捋捋接着用，馒头掉地上，用嘴吹吹照样吃，还说不干不净，吃了没病。其实吃好吃坏还在其次，不洁的卫生习惯是城里人更难适应的。

不过这种不良的卫生习惯同样发生在我国农村和美国，我们竟有了双重标准，做出了完全不同的解释：美国人饭前便后不洗手，算不上不良习惯，更不是恶习，甚至做出美好的解释，这实在没有道理。正如有个千万富翁，有一次穿着一双只有几十块钱的皮鞋上班，别人竟会把它当成几千，甚至上万的名贵皮鞋。即使知道是一双廉价皮鞋，也会称为节俭而加以赞美，但如果这双鞋穿在民工脚上呢？就会被人取笑。有个贫困大学生，在当家教后赚了点钱，买了件名牌T恤穿上，却被同学说是假牌子，无论怎么解释也无法让人相信，这个同学赌气把衣服剪了。

中国人的恶习要改，比如随地吐痰，公共场合大声喧哗等等；优良的传统也很多，饭前便后洗手就是大大的良习，到哪儿都要理直气壮地坚持，在美国也不例外，让美国人跟咱们学。

让人眼晕的车速

刚到美国，与孩子一起上街。出了楼门，我一脚就迈上了大道，儿子急忙将我拉回，一辆汽车嗖的一下从我身边掠过，吓出一身冷汗。我惊愕地看着过往的车辆，来去如飞，威风凛凛。在哈尔滨，我住在大学校园里，一直在大道上散步，校园区不许过车，走惯了。在哈尔滨，好多人有在车道上行走的习惯，更有摊贩占道的，好在车速慢，也许正因此而影响了车速，孰因孰果真说不清楚。虽经三令五申，改观不大。在美国，即使没人管，你敢走吗，你敢摆摊吗，除非不想活了。

我住的这条小街名叫普罗巴斯克，僻静、狭窄，宽度不过3个车位，而且道边还允许停放车辆，但街上立着牌子限速是25迈，25迈就是40公里，宽一些的马路车速更高，市区里的车开得这么快，看着就让人眼晕。在国内常听说美国人素质高，不抢红灯，即使晚上也同样。我觉着主要不是素质问题，是性命问题，这种车速，不按规矩来，找死呵！

刚到辛辛那提，最怕过马路。有标志的地方看不懂，没标志的地方不敢过。头几次都是孩子带着我们过马路。十字路口的标志熟悉几次，记住几个英语单词就行了，看指示灯的颜色也没错。没有标志的地方比较麻烦，全看自己能耐了。国内经验不灵了，瞧着挺远的车，眨眼就到眼前，而且悄无声息，让你犹豫半天不敢迈步。实际没那么可怕，瞅准了机会，大胆过就是了，虽然车速很快，但只要有人过马路，汽车老远就会减速，有时司机还会停下车，把头探出车窗，向你挥一挥手，示意你先过。

这里的车不光让人，还让车，美国人的脾气并不比中国人好，但一上车就没了脾气，平和得很，好像自己的时间有的是，既不着急上班，也不赶着回家。礼让三先，温良恭俭让，一方大度地挥挥手，请对方先过，另一方连连致谢。大家都是绅士反而节省了时间，因争道而形成的人为拥堵现象也不容易发生，我在国内看见堵车并非都是交通肇事引起的，不少是司机抢道插死的，警察不来，谁也解不开这个死结。

这里的警车说多不多，说少也不少，隔那么一会儿就会看到警车出来巡逻，而且亮着警灯，不过没有冒牌的。似乎警车无处不在，该来的时候肯定会来。据说出现意外接到报警，两三分钟之内就会赶到。

在国内经常有人指责交通警察，甚至称之为"马路橛子"，似乎可有可无。前两年国内电视上报道南方某城市，不知为什么让交警下岗，给一批农民穿上警服就算成了警察。不出一天，城市交通全面瘫痪，有这样一个经典镜头：那个农民模样的警察竟然把裤腿挽得老高，大概刚从稻田插秧回来。这从反向证明交警无可替代的作用。美国人对警察的敬畏程度肯定更重一些，瞧那身行头！手枪、警棍、步话机，瞧着都啰嗦。我的感觉警察是一种象征和符号，更像个机器人。

那天，和儿子看球回家，在十字路口等绿灯，忽然一辆车从后面呼啸而过，儿子惊叹：胆子不小，碰上警察肯定拿下。话音未落，就见一辆警车冲出，紧随而去。放行后，我见到了停在路边的两辆车，一辆是闯红灯的，另一辆就是警车。儿子惋惜地说：100美元没了，又得后悔一阵子。那天晚上看电视，讲的正好是交通的事，有人开车打手机，还有的接吻，最说不过去的是有位年轻的妈妈一边开车一边给孩子喂奶。

儿子那年刚考下驾照，在车的后风挡做了"新手上路"的标记。刚从家里开出，就见一辆警车尾随车后，一直跟到学校，见孩子把车停稳后才离开，这里的警察很负责任。

在国内，如果有人问，谁的驾车技术最高？我会毫不犹豫地说，出租司机，为什么？他们像泥鳅一样在车的河流里钻来钻去，没有两下子敢吗？跑线司机也用不着谦虚，技术绝不在出租司机之下。那么公车司机呢？生存压力没那么大，用不着练那身绝技，但毕竟是专业啊。如果把公车司机称作专业队，那么，出租和跑线司机应该属俱乐部队了。

如此说来，美国的司机只能算作业余队了，按理说，美国司机"段位"属业余，再加上车多，速度快，出事几率应该高得多，我没有调查，不敢妄言，仅从我个人看到的，这里车祸很少，起码不比国内多。

我在辛辛那提看到过几次车祸，那次和孩子去超市，看见大道上一辆车被大火包围，浓烟滚滚，火苗蹿得老高，一个警察正在打手机求援；还有一次，路过某处，一辆警车横在道上，说是前面出了车祸，究竟是何等车祸，不得而知，只得绕行。

人们好说游戏规则，凡事都要有个规则，但交通规则是最极端的例子，一时一刻也离不开。比如车靠右行，红灯停绿灯行，酒后不得驾车，等等，否则就要出大乱子，乱处用重典，宁紧勿松。谁也不是天生的君子，都有突破规则、犯错误乃至犯罪的倾向，光靠自觉，靠道德约束就不够了，离了法，哪儿也玩不转。

追赶太阳

第一次出这么远的门，第一站就有 10 多个小时的航程。我知道，走下飞机时，已是地球的另一面。

在哈尔滨登机时安检很详细，无论是行李还是个人，因为这就是出关，每周五有一个航班，从哈尔滨直飞洛杉矶，这样就给哈尔滨人带来了不少方便。

在哈尔滨候机时与几个人闲聊，一个从美国回来探亲的小伙子，是在国内读完职高后到美国的，不知现在做些什么，手里拿个网球拍，说是国内便宜，只花了 500 元人民币，在美国很贵。

我关心的是在洛杉矶入关签证的事，有些担心。现在碰上了明白人，就问他入关的过程。他说，你们入关时和我们走的不是一条道儿，我对你们的事儿不了解。接着又说，上美国留学就是当民工，是很被人看不起的。估计这个小伙子至少混了个绿卡，俨然以美国人自居了。我本来想打听点事儿，没想到遭了一顿抢白，看来孩子在美国的处境不妙，连留学生都被美国人看成民工，我们算什么，只能算是老民工了。

出国前曾听人说，有些在美国的华人，或只是拿到绿卡，对同胞的态度还不如美国人，有一种多年媳妇熬成婆的感觉。现在，还没走出国门就碰上一位。

起飞时间是 7 月 30 日下午 1：30 分，不知为什么直到 2：30 才升空，整整误了一个小时，我最怕耽误时间，怕中途转机的时间不够。

这是一架空中客车，属东方航空公司。由上海出发，途经哈尔滨，机舱很大，座位分 3 列，左右两侧各两个座，中间 4 个，这样就有了两个过道，这种飞机我还是第一次乘坐。

送了几次饮料，下午 5 点钟吃晚饭，有吃的有喝的，很丰盛。饭后不长时间，发了一个包，状似小枕头，打开拉锁，里面有一双袜子，一个眼罩，还有一副耳塞子，不知道什么意思，以为是小礼物。后来才知道，这些都是为倒时差用的，现在就应该休息了。这么长时间的航程，应该把鞋脱下来，让脚解放一下，飞机里边有空调，温度很低，有些冻脚，就把发下来的袜子套上，又加了一件外衣。袜子算有了用场，可那两件呢？

舷窗外的天空很晴朗，飞到高空以后，发现云层不薄，很快地面就什么也看不见了，下面是洁白一片，像是东北冬天的雪原，飞机就是雪原上跑的雪橇。

舱内电视屏幕上显示：飞行高度为 10680 米。

空姐把舷窗一一关上，机舱里立刻暗了下来，然后空姐告诉旅客：一会就会熄灯。

我知道，这是让大家赶紧睡觉。飞机要在空中飞 10 个小时零40分钟。到洛杉矶时间应该是半夜，7月31日0：10，这是北京时间，按机票上标明的是洛杉矶时间7月30日上午9：10，是个大白天。我们往西走，戗着时间走，又活回来了，赚了大半天。

我看见旁边有人掏出了眼罩，戴在了眼睛上，又把两个耳塞子揉细，塞进了耳朵，我学着他们的样子，把耳塞子塞上，觉得管点事，但不大，而且把耳朵胀得生疼，就摘了下来，眼罩比量了一下也没戴，免了吧，只有驴才会戴这玩意儿。

机舱里只剩下微弱的光亮，我把座位向后调大了角度，以便更舒适一些，但根本睡不着，上飞机不过4个多小时，谁能睡得着？看周围一个个都在闭目养神，但我相信，能睡着的人不会太多。想想倒时差真不是件容易的事，不是说倒就倒的，生物钟在起作用，那些运动员应该是倒时差最频繁的人吧，有的坐了七八个小时的飞机，刚下飞机就得参加比赛，真够受的，还是年轻，身体棒啊！

刚有些迷糊，邻座的一个小孩叫了起来，这个孩子还不会说话，一直待在飞机上放饮料的台板上，只睡了一会儿就开始闹了，我也就彻底清醒过来。这时，电视显示屏上标明，飞机已飞至北极海，距洛杉矶还有5300多公里，还需飞5个小时左右，看来时间与路程均过半。再看看手表，已是7：00，应是哈尔滨的傍晚，天已擦黑，打开窗帘一条缝，与想象无异，但我不知道，外面的世界不是黄昏，而是黎明。在后来的两个小时后，我在天上看到了日出的壮观景象。

小时候曾读过刘白羽的散文《日出》，他是在图114的飞机上，在万仞高空见到的日出，那篇散文气魄很大，有些章节现在还能背出来。

只是对日出我没有充分的思想准备，因为此时有些晕头转向，一直认为该是日落时分，只是认为这里比哈尔滨日落得晚一些罢了。我在头脑中还一直想着王维的《使至塞上》诗：大漠孤烟直，长河落日圆。在天上，我分不清东南西北，只是发现有一方天空有些发亮，渐渐地觉得有些不对头了，因为晚霞应该越来越暗，但这儿却是越来越亮，于是恍然大悟，不是日落，而是日出。于是就有一些兴奋，真想看一看天上日出的景象。

天不甚晴朗，东方，方向应该是无误了，有一片云海，红得厉害，在不知不觉之间，太阳露了一下头，上下晃了几晃，颤了几颤，又沉了下去，似乎不大愿意出来。此时的太阳就像一个没有灌满水的球胆，提起来时呈锥形，放下时又是流泻满地，一会儿瘦长一会儿扁圆一会儿又无形，但持续时间不长，紧接着就一跃而出，变成一个火团，又变成一个白炽的亮球，此时上升的速度非常之快，而且极端地耀眼，眼睛再也不敢正视了。接着是天色大亮，阳光很强。这时，我的表是 7 月 30 日晚上 9 点整，电视屏幕显示飞机飞临白令海峡，接着是阿拉斯加、温哥华、旧金山……飞机是沿着上海—哈尔滨的延长线飞向北极，到极点后，再向南折，飞向洛杉矶。孩子当时是从北京—东京方向飞往洛杉矶的，不知有没有经过北极，是不是还有更多的航线。

这时，空姐打开了舷窗，机舱里骤然一片光明，我看了看手表，时针指向 11 点。空姐给旅客发下了两张表，一张是报关单，另一张是至关重要的 I94，表格是中文的，但填写需要英语，我填得很吃力，总是出错，最后，还是旁边一个中科大的留学生帮助填好的，这个女孩子到亚利桑那大学读化学系，她的同班同学有好几个就在这架飞机上。据她说，中科大今年到美国留学的很多，占应届毕业生的四分之一。

降落的时候是北京时间 7 月 31 日凌晨 0：10 分，但天色大亮，洛杉矶时间是 7 月 30 日上午 9：10，比北京时间晚了 15 个小时。

匆忙之中忘了对表，只记得在洛杉矶机场转机时间是下午 3 点，一看只有 3 个小时的时间，非常着急，那么多事怎么忙得过来，汗一下子就出来了，别人提醒说是有时差，这才放下心来。

洛杉矶到辛辛那提还有 3 个小时的时差，降落时，正值午夜 11 点。孩子到机场迎接，告诉我们辛辛那提正在实行夏时制，与北京时间是一样的，只是相差 12 个小时，如此说来，哈尔滨正是中午 11 点，我们走了近一天一宿，竟没有跨过 30 日的门槛。也就是说，我们忙乎了 20 多个小时，这么复杂的经历，在时间的纪录上却是空白。

这一觉睡得很好，醒来时看表，已是 9 点钟，外面天色大亮，表是不用调了，是哪天的 9 点钟，是上午还是下午？是今天还是昨天，抑或是明天？是美国还是中国，是哈尔滨还是辛辛那提？我脑子乱成了一锅粥。

起来一看，天色湛蓝，阳光特别亮，我们似乎总是追着太阳走，我经历的这个白天太长了。

流浪的海狮

旧金山 39 号码头有一群海狮，今生得以相见，可谓幸甚之至，何幸之有？后面再说。

位于美国西海岸的旧金山有好几个称谓，我知道的就有 3 个，圣弗朗西斯科（San Francisco），应为音译；三藩是华人俗称，其实还是音译，取前两个音节，这里以广东人居多，旅游团的导游祖籍广东，他用粤语读了一遍三藩，音调有些古怪；旧金山就彻底汉化了，但我却一直为此困惑，金山好理解，但"旧"字怎么讲，想必是还有对应的"新"金山，但美国并无此城市。这次旅游长学问了，新金山确实存在，只是不在美国，而是在澳大利亚，名城墨尔本的别称，发现的"狗头金"之多之大足以让淘金者"喜新厌旧"。

美洲和澳洲的淘金热早已成为历史。以金起家的城市再与金无关。

如今的旧金山是一座旅游城市，而且是美国最负盛名的旅游城市，三面环海，一面靠山，城市不大，却名气如虹，被联合国评为最适合人类居住的城市，每年接待八方游客达1300多万。

蓝天碧海是旧金山魅力的所在，好玩好看的景观很多，然而让我心仪已久的却是海狮。

我随着人流朝39号码头走去，一股很怪、很难闻的气味随风飘来，我知道，海狮离我不远了。

在一块人工铺就的浮板上，横躺竖卧着一只又一只的海狮，密密匝匝，没有一丝间隙。多得分不清个数，数也数不清，海狮身躯庞大，除了一个小脑袋，上上下下就是一个浑圆肥硕的肉砣，正在懒洋洋地享受着秋日的阳光，时不时挺直脖颈，发出并不悦耳的嗥叫。一只从远处游来的海狮，疾如闪电，灵巧地变换着各种泳姿，但一到木板上就显得十分笨拙，在水中划动的双鳍，改作手脚就有点儿勉为其难了。它爬上来，生生挤进了本来已经十分拥挤的浮板。

海狮有多少头我说不清，光这一块浮板上就数不清，何况还有那么多块浮板，有几百头，也许有几千头，或者上万头吧。

值得一提的是这里的海狮纯天然，非饲养，完全是自由组合。

下午，我恋恋不舍地和海狮告别，参加旧金山的"深度游"。

旧金山的市政厅，第一眼就觉得眼熟，很像华盛顿的国会大厦，导游说，这座1915年落成的巴洛克式建筑正是依照国会大厦设计的，甚至还要高出几米，呈现在眼前的这座百年建筑被夕阳镀上了一层金色。

市政厅前有两行排列整齐的怪树，模样非常奇特，光秃秃的树干，只有几个仿佛被锯断的短枝。在市政厅广场上，一座高耸的建筑颇为醒目，一个手持长矛盾牌的武士临空而立，下面是纪念塔，再往下看呢，一幕不雅的图景进入眼帘，几个或坐或卧的中年人，穿着肮脏，有的懒洋洋的晒太阳，有的正狼吞虎咽地进食，塔的基座上停靠着两三辆自行车，还有一面不大的三角旗随风飘摆。这是些什么人？

流浪汉！导游告诉我们，这些流浪汉在市政厅广场安家落户已经不是一天两天了，让市政府非常头疼，成为城市治理的老大难。流浪汉的存在无疑让这座旅游城市得分大减。

以动辄对其他国家武力攻打、经济制裁的强势，竟被几个流浪汉窝囊成这副模样，真是难以置信！

在国人的印象中，流浪汉好吃懒做，游手好闲，只会消耗，不知创造，是寄生虫、吸血鬼、社会渣滓，有碍观瞻，是犯罪的温床，藏污纳垢的渊薮。一座美丽的城市硬是让这几个闲人懒汉搅得不成体统。进而怀疑管理者的能力与权威。也许这些家伙到了中国，对付起来会容易许多。

曾与在美国生活过多年的人探讨过这个问题，美国社会对流浪、行乞显然比中国人宽容得多，你尽可以对他们有各种各样的评判，但有两个字不能忘记，这就是"尊严"。中国古代尚有"不食嗟来之食"，在这里更是如此。这些流浪汉的构成并非传统意义上的穷人和为生活所迫者，我们谙熟的传统理论无法解释这种特有的社会现象。他们之中有吸毒者、酗酒者，还有商场失意者或看破红尘自暴自弃者，其中不乏受过良好教育、曾经有过美好的昨天的人。旧金山市政府按时足额给这些流浪者拨付资金，再加上人们的施舍，流浪汉们衣食无忧。我甚至见过一幅流浪汉当街拿着笔记本电脑上网冲浪的照片。旧金山市政府曾试图采取严厉措施，将这些流浪汉统一管理，给他们房子、食物，让他们过着衣来伸手饭来张口的幸福生活，但流浪汉们竟不领情，还聚众抗议。住在房檐下、桥洞里，沿街乞讨，如此了却一生，并非不可接受。确切地说，流浪是他们自主选择的一种生活方式，是他们的自由。这让我蓦然想起了普希金笔下的《茨冈》，并由此对国内的流浪者有了新的认识。

我曾请教过导游，流浪汉的尊严是有了，但对勤劳俭朴的纳税人太不公平了。政府的做法无疑是在鼓励、纵容，如果人人如此，社会将如何？导游瞪大了眼睛说，你相信正常人会选择这种生活方式？这正如同性恋的存在一样。

"深度游"下一站就是"同志街"。

大巴在"同志街"上没有停留，只是速度稍有放慢，路两侧有的小楼上很张扬地打出红黄蓝三色旗，这是同性恋家庭的特有标志，还见到街上成双作对的"两口子"，亲昵异常，并不理会周围人们的眼神——也许只有我们这些华人游客才会有如此眼神，而我们在车里他们看不见。导游明确地告诉我们，在旧金山，同性恋是合法的。同性恋在美国的看法并不完全一致，各州的法律也大不相同，但自从旧金山市长为第一对同性恋者发了结婚证以后，美国旧金山市政府大厅出现火爆一幕：婚姻登记处前排起了长队，而且全部是一对男子或一对女子来办证。旧金山是加州同性恋大本营。

一天游下来，脑子有点儿乱。旧金山是久负盛名的旅游城市，有壮观的金门大桥，有蜿蜒的九曲花街，有风格各异的维多利亚式建筑，当然还有流浪汉，"同志"街，你说哪一个不是这座城市的风景线？

这就是真实的旧金山。

就在当年 12 月，离参加美国西部游不到一个月时间，我突然在电视上见到了一则新闻，惊得我半天闭不上嘴。旧金山 39 号码头那成千上万的海狮竟突然间神秘地消失了，那热闹拥挤的景象或许就此成为历史。

本来旧金山市政府在 2010 年 1 月份有一个海狮落户旧金山 20 周年大型纪念活动，看来要泡汤了，海狮真不给面子。

我为今生能够目睹海狮的盛大聚会而庆幸，更为失去这一天然景观而遗憾，遗憾之余，又探询其中的原因。有的说海狮喜食鲱鱼，哪里食物多它们就会游向哪里；更有一种不祥的说法：当年，也就是在 20 年前海狮到来之际，加州刚发生过一场大地震，那么这次突然离去，会不会是某种暗示——这与加州地震学家的预测不谋而合。

其实我们何必探究海狮离去的原因呢，正像不必探究它们为什么到来一样，更没有理由人为地把海狮永远留驻 39 号码头。

流浪的海狮，流浪是它们的天性，天性不可违，蔚蓝的大海到处都是它们的家园。

墓地的宁静

"蓬蒿今日想纷披，冢上秋风又一吹"是北宋诗人王安石思念好友王令的一首诗。寥寥数语，向人们描绘了一幅秋风荒冢、萧瑟凄凉的景象，更让读者了解了诗人当时的痛悼心境。

坟地，坟茔，坟墓，坟冢，意义相同，很容易给人一种恐怖与阴森的联想，一座座圆丘状的坟茔，上面长满乱纷纷的蓬蒿，在飒飒阴风中，偶然传来一声乌鸦的怪叫……

然而眼前这片墓地，却骤然颠覆了坟墓盘踞在我头脑中几十年的印象。

那是一个夏日的下午，阳光强烈，但天气很凉爽，我们一家从学校出来，只有10分钟的车程即到达目的地。要知道，国内的坟地都是坐落在离城市遥远的郊区。

这哪里是墓地，分明是个公园。一条宽敞平坦的大道向远方延伸，道的右侧是一泓池塘，池塘中的喷泉将池水柱抛向天际，撒下一道七色彩虹。池边是一排长而且宽的花圃，里面盛开着红的、黄的、紫色的花朵；路左侧是一排浓密的阔叶树，巨大树冠的阴影在路面上摇曳。

我们席地而坐，身下的草坪很厚、很柔软、很蓬松，阳光明亮，但不灼热，周围很静，只听见泉水落池和风吹树叶的轻微声响。

这是我来到美国的第二天，20多个小时的旅途让我疲惫不堪，这里的宁静使我的劳顿逐渐消解。

美国墓地的结构与中国大相径庭，没有隆起的圆穹，只在平地上竖起一座墓碑，墓碑形状各异，有像根柱子的，有做成十字架的，还有其他各种造型，但像中国扁平碑形的很少见，每块墓碑占地面积都不大。

我们在墓地徜徉，偶尔看到像我们一样的游人，在这里悠闲地漫步，与逛任何一家公园没有两样。我想长眠在这繁花似锦的公园里的灵魂应该是安逸的，也是幸运的。

热爱生命，留恋人生是人的本能，中国有句俗话，好死不如赖活着。美国作家杰克·伦敦写过一篇小说《热爱生命》，描述人在极度险恶的环境中求生的强烈欲望，这篇小说为列宁所推崇，在生命的最后时刻，列宁是听着夫人诵读《热爱生命》声中，安详地停止了呼吸。可见人世间，即使物欲横流，世事险恶，遍布苦难，病魔缠身，仍然愿意留在这个世界上；热爱生命，珍惜人生，世界上无论哪个国家，哪个民族都是一致的。

我曾读过许多名人传记，他们无可避免地谈到死亡，特别是在暮年，对于这个话题，这些智者大多选择了平静面对而不是恐惧。

国人很忌讳"死亡"这个词汇，会用隐讳的词语替代，如"老了"、"走了"，文雅一些则称"去天渐远"、"驾鹤西去"。在日常生活中则尽量少和孩子谈及死亡或与死亡有关的事情。然而，美国儿童教育专家早已发现，由于传媒的兴旺发达和信息的超速流通，3周岁的幼童大多已接触到"死亡"这个词汇。向他传授某些积极的"生死观"也许还能帮助他塑造乐观开朗、积极向上的人生观。美国的一些小学校里甚至开设了"死亡课"，最典型的是，让儿童在父母或老师的带领下，来到专为绝症患者提供善终服务的疗养院，和这些濒临死亡的人交流，并目睹病人离开人世。

美国人对死亡的看法自然带有基督教的深深的烙印，他们对死亡的态度多是平静的，一个烛光追思会已经意味着悲痛的结束。

中国历来没有一个固定统一的宗教，无神论者居多，不少人的所谓信仰，也是采取实用主义，现用现拜，用过拉倒，临时性的，转身即忘。中国人对死亡的看法可谓五花八门。孔子的学生向孔子请教"死"是什么？孔子回答，未知生，焉知死，你还没有理解生，怎么能够理解死呢？言外之意是车到山前必有路，到时候再说吧。

古代帝王如秦始皇、隋炀帝，甚至像汉武帝、唐太宗这样的明君，一生耗费很大的精力，遍求长生不老的仙丹秘药，对死亡充满了恐惧，结果是病死还是中毒而死都未可知。

中国人相信人死会变成鬼的，对于鬼，孔子说："未能事人，焉能事鬼？"活人还没服侍好，哪有工夫服侍鬼？然而，中国人的看法却没有这么潇洒，而是惊人的一致，怕！没有一个正常人敢在夜半更深之时到坟圈子里走上一遭。家长的吓唬是启蒙，传承已久的鬼文化是印象的加深和强化。鬼神故事能把人听得汗毛直竖，晚上不敢出门。

万圣节是美国的鬼节，可谓群魔乱舞的一天，超市门口悬挂着各种妖魔鬼怪，有的很像我国的无常鬼，被风吹得一会儿形体肥壮，横空出世，一会儿又蜷身缩体，瘫软在地，许多店里卖鬼怪饰物，吊死鬼、吸血鬼、死人骷髅，凡是属于另一世界的，一应俱全。人们过鬼节时更是异常兴奋，晚上一个个把自己装扮成青面獠牙、血淋淋的厉鬼。

这些把戏，如果不怕挨揍，挑一样到中国试试！

那天晚上，已经9点多钟了，没有月亮，一片漆黑，孩子的室友小张要去练车，准备考驾照，问去哪儿，说是墓地，我想问一句，你不怕吗，话到嘴边，还是没问。

快餐、包子与麦当劳

在中国，麦当劳，是家喻户晓的快餐，而且是洋快餐，与肯德基、加州牛肉面一样，是很早登陆中国的美国食品。

对这些洋快餐，我平时很少光顾，一是上了年纪，对所谓

"新鲜事物"接受比较慢，二是家里没有适龄孩子，没有这个需求。

我对麦当劳现象感到困惑，不就是一个面包夹几片火腿肠、炸鸡块、菜叶之类，小孩子喜欢倒还罢了，成年人也照去不误，吸引力来自何处？

来到美国以后，对麦当劳的理解加深了不少，如果你非要说国内小孩子、年轻人是跟风、赶时髦、凑热闹还算是一种解释，那么麦当劳在美国的火爆，而且不分年龄、层次，又说明了什么？

我查了一下资料：麦当劳餐厅是大型的连锁快餐集团，在世界上大约拥有 3 万间分店，主要售卖汉堡包、薯条、炸鸡、汽水、冰品、沙拉、水果。麦当劳餐厅遍布在全世界六大洲百余个国家。在很多国家麦当劳代表着一种美国式的生活方式。在中国大陆地区的早期的译名是"麦克唐纳快餐"。

在美国生活的日子里，如果不出门，我们主要食品仍然是中餐，虽然原料与厨具不那么地道，但加工方法绝对正宗。

麦当劳与我搭上关系主要是出门旅游，这时，麦当劳是你再也离不开、躲不开的食品。

其实麦当劳是店名，其中卖的主要是汉堡包和薯条、饮料之类的快餐食品，汉堡包听名字就知道是德国传入的，为了叙述方便，还是将其称为麦当劳吧。如果说在中国麦当劳是一种食品中的点缀，是开洋荤，是猎奇，那么在美国就是当家快餐，是生活的必需，具有最大的普及性。

在美国，全国上下都有麦当劳的分店，而且铺面一致，标志一致，一个 M 的金字招牌，好像是中国饭店门前挂起的幌子。那次参加美国一个旅游团，到了东部几个城市，吃饭无非三类，一是中餐，二是西餐，三是麦当劳。对于我来说，除了中餐以外只能选麦当劳了，一是便宜，二是方便，三是虽不喜欢但还能接受，而西餐却是绝难接受了。也许有人说我矫情，毛病太多，那么多人喜欢西餐呢！但我不行，不光是我，还有很多中国人都不适应。

一份麦当劳加上一份薯条、一杯饮料，是一份很好的午餐，或者说是上班一族标准的午餐。在美国实在不算贵，5 美元左右。

旅游途中，十来天的长途跋涉，除了早餐，有七八成的热量都是来自麦当劳。在美国的旅游团，每当游完一地，大巴车肯定会准时停靠在一处比较繁华热闹的街区。当然，街区繁华程度不同，饭店有多有少，即使再少，那个 M 金字招牌却是每次都会不期而遇，麦当劳店真是无处不在。我发现，只要没有中餐店，几乎百分之百都进了这家快餐店，不会有第二种选择，因为这是华人旅游团。

然而我知道，麦当劳受到如此青睐，肯定不止游人，光靠游人，绝不会支撑全国星罗棋布的分店。事实上，麦当劳快餐店在美国几乎可以设立分店的地方都设了点。美国人吃麦当劳的非常普遍，甚至对麦当劳依赖程度很高。

据一份材料显示，95% 的美国人每年至少到它的一家餐厅光顾一次，一般顾客每年约在麦当劳快餐店用餐 20 次，全公司每天要接待 1700 万名顾客，其中 25% 的人是在外用早餐的顾客。正如美国密执安大学的一位教授说的："有人哪一天看不到麦当劳快餐店的金色拱顶，会感到这一天真难以打发，因为它还象征着美国精神。"

这个资料让我大开眼界，同时让我一下子想到了中国的包子店。

麦当劳与包子有很多相似之处，都是快餐，有"皮"有"馅"，有"主"有"副"，亦"饭"亦"菜"，不再需要其他辅助食品。

国内有名的包子铺我知道一些，比如天津的狗不理，西安的贾三灌汤包，其他北京、上海等地都有自己的名牌，但很难突破地域性，很难走向全国，更难走出国门。

中国的包子虽然也是非常重要的食品，但形不成规模，更无法抵挡麦当劳的大举入侵。

曾有不少文章谈到麦当劳的成功之道，比如麦当劳系列产品选工用料的讲究，质量的保证，第一流的服务，舒适如家庭的环境……所以有人说，你不能说它某一点特别强就学这一点，而是一个体系大于它各个部分的总和。所以说麦当劳是不容易复制的。

不过我觉得，作为快餐食品，包子有其先天缺陷：

一是包子不能冷食。不是经常听见当街吆喝：刚出笼的包子吗，可见包子必须是热食的，尤其是其油性大的肉馅包子更不适于冷食。

二是包子生产很难做到统一规范。这一点远不及麦当劳透明度高，面包有什么，夹层有什么，看得一清二楚，你尽可以自己点，由于制作的统一，味道肯定一样，不会有真假之辨，更难在质量上做手脚。包子就比较麻烦了，有肉馅的，有素馅的，肉馅的还有牛、羊、猪等，素馅的就更复杂了，蔬菜恐怕全要列上了。因此制定一个统一标准非常难，比如人们会觉得北京卖的狗不理味道不地道。即使同一家店，再过段时间光顾，可能会感觉味道大不如从前。中国不是有句俗话吗？包子好吃不在褶上，言外之意是在馅上。馅的名堂就大了，制作技术、用料，特别是给抽条和暗箱操作开了方便之门。所以说，如果拿包子做统一的快餐食品，是统一不起来的。

麦当劳显示的是美国人的思维方式，简捷、外向、明朗、格式化、工业化；而包子也是中国文化的象征，复杂、含蓄、模糊、个性化、作坊式。

我至今弄不明白，美国是一个讲究自由、崇尚个性的国家，但他们的食品，包括西餐，加工过程却显示出惊人的简单与刻板、量化、程式化、绝少个性化？这不像他们的思维方式。

包子，对于中国人传统的大众食品，选出一种带有中国特色，能为大多人接受的，统一标准的快餐食品，能不能一下子推广开来，有些人持疑义，因为中国太大，民族太多，口味太杂，所谓众口难调，本人很以为然，理由不谓不充分；但仍然心存疑问，因为中国再大，民族再多，也比不上美国多民族、多种族的复杂。更重要的是泱泱大国，众多的人口，口味竟被一个并不习惯的洋食品统一起来了。

森林城市

在哈尔滨，我家远离市中心，位于大学区，林木草地不算少，但少闻鸟鸣蝉唱，空气中时时充溢着药厂、化工厂废气或烤羊肉串的刺鼻气味以及乱七八糟的噪音。楼房对面有几家来历不明的作坊式工厂：一个烤香肠的，几间平房，烧木柴，低矮的烟囱冒出滚滚的浓烟，在风向对头的时候，这些浓烟会一点儿不"糟践"地灌进我家的窗子。更有甚者，经常在夜半时分传来劈木柴的钝响，那声音不像劈在柴上，倒像剁在心上；另一家好像造些锅炉模样的东西，整个一个白天都会发出巨大尖锐的声音，扎人耳膜，刺人心窝，一开始找不出声源，后来才发现有人从锅炉状的小口中爬进爬出，才知道原来是在打磨锅炉内壁，我在屋里尚且汗流浃背，在太阳下暴晒的锅炉里面呢，锅炉中的人呢？竟生出几分担心，真怕人钻进以后，声音骤然停止；我家的桌子上、地板上永远落满灰尘，这灰尘令人生疑，洁白似石灰，我自然把目光移到窗外，那是一家石膏花作坊，是我家粉尘源源不断的供应者。

来到美国后，美国天很蓝，很高，飘浮的云彩非常白，阳光很强，很耀眼，孩子提醒我们，这里空气尘埃少，阳光可以快马加鞭，一路通畅地跑到大地，别看美国人好晒太阳，人家可是有备而为，涂了防晒霜的。可以说，一年365天，竟无一分一秒出现异味，真是难以想象，吸一口气都是享受。

在我居住的这座城市里，我见到了成片的森林，这是真正的

森林，与一般意义的城市绿化、植树造林有着本质的不同，科学家曾做过调查，人工林即使已成规模，但对气候的调节并不尽如人意，原因是树种单一，人工林考虑的主要是速生和经济价值，调节气候的能力并不在考虑之内。

五花山是黑龙江省的一大自然景观，记得当年在下乡的时候，每当"玉露凋伤枫树林"的中秋时节，极目所见，并非一片肃杀萧条景象，而是"百花盛开"的"春天"，山上是一片五彩缤纷的绚烂，从此五花山的颜色刻在我的记忆之中。可惜当时腰酸背疼，哪有这种雅兴！而今闲情逸致倒是有了，可惜五花山却离我们远去，偶有一处就会成为城里人珍稀的旅游景点。

后来我采访过林区，对森林与大自然的关系有了一个更深层次的了解，五花山景观的形成，是因森林里品种繁多的树种在深秋的苦霜降临之后的表现。天然林大多是混交林，这是森林自然演进和淘汰的过程，然后达到一个最佳状态，这个过程极其漫长。所以我们见到大自然的原始状态，应该是最佳、最合理状态。混交林对气候调节的功能最强，各种林木的优势互补。但恢复天然林有这个可能吗？是的，由于我们人类无节制的行为，甚至可以说是恣意妄为，丰富多彩从我们周围消失殆尽，留给我们的只是单调与乏味。

想当年辛辛那提这座城市，森林保护意识并不强烈，林木过伐现象同样存在，只是没有我们这样干净彻底，斩草除根，且人家省悟得很早，结果是令人满意的。这座城市的上风头有四五家火力发电厂，按理说对空气质量的影响是严重的，但人们根本感觉不到，郁郁葱葱的森林就像一个过滤网。森林是大自然的肺，这话不假。

记得在东北农场时，有个美国人叫韩丁，帮助垦区建起了闻名于世的友谊农场五分场二队，从此现代化、机械化大农业的模式深入人心。对于农垦人，这种冲击与震撼尤为强烈，人们看到了农垦美好的未来。可惜，这种模式后来逐渐被人们淡忘了，资金只是一方面，中国没有美国的经济实力，但更重要的还是气候，比如北大荒，由于连年开荒，森林植被遭到破坏，特别是湿地，也就是人们常说的沼泽被大面积开垦，长期被人们忽视，成为环保的一个重大误区。其实，湿地对大自然的调节能力巨大，被称为大自然的肺。接下的岁月是全中国气候反复无常，自然灾害严重，频度与烈度日益加大。春季掀天揭地的大风，麦收时节滂沱大雨，再先进、再配套的机械化也难得施展。有人曾问过韩丁，你一个人种 1000 多亩地，如果碰上雨季怎么办，他的回答出乎我们的意料："那里收割季节从来不下雨。"这句话听来似神话。美国确实有这种适合全面机械化的气候条件。由于大自然全面受到保护，森林对自然，特别是气候的调节作用，真的难以估量，这座城市与北京纬度相差不多，却没有北京的连续燥热，正如王安石说的"三日五日一雨风"，该下雨时下雨，该刮风时刮风，风调雨顺，风中从不带沙，何谈沙尘暴。无论多大风，绝没有沙子抽脸的感觉。我想这不光是大自然的杰作，更是人的杰作。

这个城市简直是个森林植物园，大片大片的森林紧挨着大学，紧挨着城市，真是难以想象。假定说这是一座新开发的城市，按当前人们的环保意识，保留森林相对容易。可这是一座老城，这所大学建于 1819 年，已经有近 200 年的历史。200 年，该有多少教师与学生在这里生活、工作、学习，那么，这座城市的开发肯定更早，但这里的自然风貌依旧。平坦的高速公路，一幢幢的高楼与密密匝匝的森林和平共处，现代科技与古老原始并存。

在这所学校旁边仅隔一条马路，有一个很大很大的公园。它没有园门也没有围栏，没有边界，只有名字，叫马丁·路德·金公园。

说是公园，其实就是一片森林，我十分喜欢森林，在哈尔滨，经常去哈尔滨的森林植物园过周末。我喜欢森林的幽静和森林里的空气，更喜欢森林的绿色。植物园里有一片称作森林浴的景点，有一片茂密高大的松树，盛夏时节，我坐在散落在草坪林

间的条椅上，耳听阵阵松涛，嗅着含有松香的空气，心中充满了宁静，喧嚣与纷乱离我远去。

但这里是天然的森林，就局部来说倒有点儿像是大小兴安岭的原始森林。进入森林就会觉得天空一下暗了下来，树木高大，遮天蔽日，我们不敢走得太深，担心迷路，只好在离道边不远处徜徉。这里的树大多叫不出名字，与中国的树种相差很大，我能认识的不多。核桃树、枫树、橡树，大多是阔叶树，针叶树不太多。我看到了桑树，树上挂满了桑葚，摘了几粒，粒大饱满，很甜，最后一次吃桑葚已经是 50 年前的事了。这时候有跑步的过来了，是个蓄有胡须的中年人，穿一件没袖的背心，一条短裤，气喘吁吁，汗从脸颊上淌下来，他停住脚步，摘一串桑葚填入嘴巴，脸上立时呈甜美幸福状，然后向我们招了招手，跑出了森林。在森林中，还经常看到一簇簇如尖塔一样的树丛，很奇怪，从来没有见过如此奇特的树种，莫不是经过人工修剪。走近一看，原来是葡萄藤。在一棵树上缠绕纠葛形成这么一副怪模样。葡萄藤上结满青青的葡萄粒，只是季节不到，如果再过两个月，秋风一吹，山葡萄就会变紫，再经霜一打，味道就会非常鲜美，酸甜，是酿造葡萄酒的上等原料。

诚然，美国人的文明程度对环境的保护起着决定性作用，但美国人口稀少无疑是一个客观因素，这一点也是不能视而不见的。

我曾在农场下乡，老职工讲："就说咱们连队，就说前几年，山里到处是木耳、猴头、蘑菇、黄花和榛子，采都采不过来，更算不上什么稀罕东西，木耳才两三块钱一斤，野鸡到处乱飞。"但后来大批知青来了，人口陡然增长五六倍，于是山里再也见不到木耳、蘑菇了，一下雨，进山的人绺绺行行，恐怕人比木耳还要多，长的供不上采的。最惨的是榛子，根本见不到一粒成熟的榛子。由于人多，"过这村没这店"的心理作祟，必须赶早，成熟季节远没来到，榛子林已被扫荡过几个来回了，甚至连榛柴棵子都被踩踏撅折，谁还管来年。中国与美国面积相近，人口却多出四五倍。太多的人口，文明起来也难。

当然人口众多并不能成为破坏环境的借口，人口密度超过中国的发达国家不在少数，比如欧洲的荷兰，亚洲的日本。看看人家的环境！

那次乘飞机到外地，飞机一起飞，我才看到了这座城市的全貌。这是一座山城，山坡蜿蜒迤逦，一团一簇，深绿色的是森林，颜色浅一些的是草坪，一条条像飘带的是公路。那么房子呢，极少见到，全都隐藏在绿树丛林之中了，整个城市竟没有一块裸露的土地。

这是一架小飞机，飞得不高，而且天气晴朗，整个大地一直清晰可辨。大自然真是眷顾这片土地，从飞机起飞，一直到降落，绿色一直在我眼前延续。

美国的国旗

在美国城市的街头，经常会看见这样的景象：绿树丛中伸出一面星条旗，你千万不要以为这是什么机关、单位，也许只是个普通的民宅。中国人住宅没有挂国旗的习惯，开始我还以为是个别现象，后来发现挂国旗的比比皆是，公共场合不必说，许多民宅甚至汽车里，还有小孩子的手中，都会出现国旗，从这一点看来，美国人的国家意识还是很浓的。

国家的凝聚力靠什么？

一种是民族感。众所周知，日本、韩国基本是单一民族。日本与韩国的民族感是世界上少有的，颇有以国为家的境界。在网上曾看过这样的文章，日本二战时战败，国家遇到巨大的经济困难，日本残疾人选择跳海，以减轻国家的负担。初看这篇文章，我的感觉是惊诧与震撼，难以理解，甚至有些不寒而栗。再一个

就是韩国，那次亚洲金融危机，韩国也在受害之列，此刻韩国的老百姓自动捐款捐物，光黄金就献出了几十吨；还有那次日韩足球世界杯赛时，韩国红潮涌动，似乎有一种"不成功则成仁"的狂热，这一切都通过卫星传播到世界每一个角落，至今让人激动乃至心有余悸。这时，民族感与国家感是统一的，是无法隔裂开来的。

美国是个移民国家，这块土地的真正主人——印第安人现在都不知到哪去了，其他种族的人都不是这块土地的主人，都是后来迁入的。美国是一个非常特殊的国家，特殊在民族众多，白种人、黑种人、黄种人、欧洲人、亚洲人、非洲人、拉美人，世界上每一个角落的人都可以在这里找到亲戚；民族众多再加上多年的交融通婚，混血的人数比例也非常高。有人称美国是世界人种的博物馆。你到大街上，不过10分钟，就会看到全世界所有种族。各个民族，肤色、身高、相貌是那么的不同，这有别于世界任何地区。

我在辛辛那提几个月中，经常上街，也去公园、超市，到处都是各个民族、各种肤色的人，大家都不见外，非常正常，所以从来没有感到自己与周围人有什么不同。我经常出入学生的阅览室，任何时候，哪怕屋中只有四五个人，也是什么肤色的都有，一切都是正常的，所以处之泰然。

中国人讲的籍贯即祖上的居住地，与出生地并不是一个概念，与现住地更不相同。我觉得，人们更看重出生地，绝大多数人的童年都是在出生地度过的，这给成年之后留下许多记忆，怀念故乡成为文学作品永恒的题材。对故乡的怀念多是故乡的山、水、土地、民风，但更重要的还是乡亲，是人。人的居住地可以改变，但故乡只有一个。

我一直固执地认为，祖国与故乡有许多相似之处，故乡是无法改变的，也是无法选择的，祖国也是同样，我概念中的祖国带有更多的自然属性。

这与国家不同。我觉得国家属于社会范畴，带有更多的政治属性，打个比方，祖国更像你的出生地，也就是故乡，而现居住地就有点儿像国家的概念，它表明的是你的工作地点、单位，特别是你的户籍所在地。比如，许多人成年后离开了故土，远走他乡，有的到北京去工作，并且在北京落了户口，你也就成了北京人，否则只能算是"北漂"。但人们还是习惯称你为山东人、河北人，因为你带着浓重的乡音和家乡的生活习惯，在你这一代已经很难改变了。

目前在国内，越是发达的大城市的人越是来自五湖四海，四面八方的精英聚集，融入这座城市，建设这座城市，同时也在不知不觉中改变这座城市。外乡人可能非常喜爱现在居住的城市，虽然对故乡怀有深深的感情，但你的户籍在现居住地，这里有你的事业和未来。

国家更像户籍所在地，她可能是你的祖国，也可能不是你的祖国，但是你现在的居住地，你取得了这里的国籍，美国无疑是世界科技与经济中心，其发达程度在世界处于遥遥领先地位，吸引了各国的杰出人才。他们到这个国家以后，无论是喜欢还是不喜欢，但只要加入美国国籍，就要遵守美国法律并效忠这个国家。

这种感情在平时表现并不十分明显，但在举行重大体育比赛，比如奥运会的时候，就会旗帜鲜明地为运动员加油，肯定都是倾向自己的国家；在国际发生争端的时候，这种国家感更为明显。那次和中国留学生聊天，谈到美国炸中国驻南大使馆事件，中国留学生和美国学生发生了激烈的争论，双方各执一词，绝对都是站在自己国家的立场上说话。后来这个留学生明白了，这种问题在学生之间争论肯定不会有结果，因为双方都是站在自己国家的立场之上，谁也不会把谁说服，这是不可调和的矛盾，是非曲直这时并不重要，更无法做到客观、公正。除非你是第三国人。

美国是一个多种族、多民族的国家，种族之间、民族之间肯定存在差异和矛盾，甚至存在冲突，但他们的头上飘着同一面国

旗，他们自然也就会团结在这面旗帜之下。你必须为这个国家服务、纳税。在奥运会的赛场上，我常看到美国运动员在升美国国旗的时候，把手放在胸口，十分虔诚、神圣，不管他是白人、黑人，还是黄种人。

中国人关心政治在世界上首屈一指，这是举世公认的。在国人的印象中，美国人根本不关心政治，不关心国家大事，只关心自己的事情。甚至在国内一些报道中说，美国人知道现任总统是谁的人数竟不如中国人多。来到美国之后，才知道这种报道是不真实的。美国人不关心世界大事倒是真的，这从他们的电视中也可以看得出来，跟他们美国搭不上边的，他们才不去理会呢，不像我们，眼望世界，心怀四海，对亚非拉有特殊好感……

我在 2004 年夏秋之季，亲眼看到美国大选在民间的反应，真可谓火爆热烈，因为它是关系到每个平民百姓的大事。对美国的选举制度我没有太深的研究，只知在当今世界上，好像是独此一家，别无分号，它采取的是"选举人"制度，叫胜者通吃。每个州的"选举人"票数是有规定的，在一个州投票中，只要竞选人甲比乙多一票，那么所有的"选举人"票都归了甲，而乙是一张没有的。但选举结果却是按每个州选民的选票一张一张计算出来的。

美国总统大选称得上是一项全民活动，报纸连篇累牍地报道，电视节目更是现场直播，整天都是布什与克里的滔滔不绝，到处都是大选的巨幅标语，车到十字路口等车，一会儿挺布派给你发个小传单，一会儿挺克派递过一张小广告；这个超市卖布什纪念章，那个超市又散发克里宣传材料。最有意思的是有一次在一个小区中，一家的草坪中插着一个写着挺布什的标语牌，相邻的一家针锋相对，草坪中也同样插有一块牌子，内容却是挺克里，这颇有点儿像中国的"文革"中群众形成的两大派，互相辩论，互不示弱。

美国总统的竞选演说全是大白话，大实话，家长里短，不会云山雾罩地绕你，高深莫测地唬你，有一次孩子指着电视说，布什动员投他一票，他会让西红柿价格降两毛钱。家庭妇女肯定投布什票了。确实，美国总统看重每个百姓的那张选票，他要做的是说服每一个人把票投给他。而老百姓也很看重自己这一票，我凭什么相信你，凭什么把票投给你？除非你替我办事。

只不过美国总统选举结束后，失败的克里马上向胜者布什祝贺，绅士风度还是有的，这不光是礼节性的，还必须拿行动说话。最近一次大选中，奥巴马和希拉里竞选民主党党魁，互相攻讦，互相揭短，斗得你死我活，颇有置对方于死地而后快的决心。可一旦胜者决出，另一方马上俯首称臣，希拉里欣然就任奥巴马任上的国务卿。

我很难理解，按常人的感情而言，如此不留情面地揭短，搞人身攻击，难道对方不会怀恨在心，双方不会结下仇冤？那么深的矛盾是靠什么化解的？是胸怀坦荡、大度宽容、品德高尚？好像不这么简单，更不是"人格魅力"，说穿了，还是国家利益，你一旦履行这么重要的职责，就必须以国家利益的捍卫者姿态出现。有什么比国家利益更重要的呢？

鉴于美国种族民族的多样性，政党的轮流执政，都无法产生强大的凝聚力，凝聚力来自何处，国家！而国旗正是国家的象征。

美国飞机上的空大爷和空大妈

从哈尔滨出关，在洛杉矶转机，洛杉矶安检过程非常复杂，比出关还要严格，腕上的手表，兜里的钥匙，甚至指上的戒指都要放在托盘里，然后把鞋脱掉，赤脚过关，环顾四周，安检不光是针对外国人的，美国人也不例外，彼此彼此，心理也就平衡了。看来"9·11"的阴影在美国人心中现在也没有散去。

　　我和老伴儿虽然没有带任何违禁物品，却也是非常紧张，气氛紧张嘛！托运大箱子时就被翻了个底朝天，精心摆放了整整一天的东西全都乱了套，不知什么被压坏挤碎呢，管不了那么多了。他们要检查谁的根据是什么，不知道，好像是随机的，抽检率非常高，漏网的不多。后来回国时带了两个箱子，到家里打开时才发现，里面塞进两张纸，看来又有幸被抽中了。

　　经过安检、验机票、看护照，好不容易才算进了登机口，直到这时情绪还没缓过来。在机舱门口，我觉得与每次登机不大一样，站立迎接的不是靓丽的空姐，一点儿也不靓，更不年轻，称其空嫂都勉强，"空大妈"还差不多；另一个性别都不对，男性，也是上了年纪，看面相有 50 岁，只多不少，只好称为"空大爷"了。

　　正在我胡思乱想之时，那个上了年纪的男"空姐"冲着我微笑致意，而且还点了点头，这么多人，为什么只冲我打招呼？这时我才仔细看了看周围，在登机旅客中，几乎没有见到中国人，连亚洲人的面孔都没有，物以稀为贵吧！

　　美国人的表情很丰富，他冲我打招呼的时候，眼睛先是亮了一下，很有光彩，接着是颔首致意，那微笑是一直挂在脸上的，这种微笑似乎比中国空姐更加个性化。咱们的空姐一个比一个靓，一个比一个年轻，但那种微笑总是带有职业特点，是经过训练和加工的，也可能与年龄和阅历有关。听说北京王府井有家商店招聘营业员时，一律是 40 多岁的大嫂，效果不错。与其他商店相比，这里的营业大嫂显得更为真诚、亲近，也更加可靠。

　　在洛杉矶机场 5 个多小时的遭遇让我终生难忘，入关签证、取行李、托运行李、找登机口、安检，一步一个坎。我一句英语不懂，一点儿规矩不明白，遇到的难处只有我最清楚。心里乱糟糟的，但在那一刻，在见到了这个上了年纪的男乘务员后，纷乱的心情竟一时安定下来，觉得这个人可以信赖，不再为这漫长的空中 4 个小时的航程而发愁。

　　在为旅客送饮料的时候，那个男乘务员再一次跟我打招呼，似乎已是相识很久的老朋友了。我也回之以微笑，也只能以微笑回之，因为我不会说一句英语，于是他利落地把几种饮料都拿到我眼前，任我选择，他看出我不懂英语。我点了一杯白水，是有点儿渴了。

一男一女两位乘务员服务很忙碌，很殷勤，然而飞机上的待遇却令人遗憾，与国内航班受到的礼遇竟有天壤之别。国内航班按时供应午餐或者晚餐，饮料供应次数无限，但美国飞机根本不管饭，你要是吃饭，对不起，自己掏腰包，饮料倒是送了一次，也只有一次，如果再要，"空大妈"和"空大爷"只得按规定收钱了。

从洛杉矶到辛辛那提，空中飞行 4 个小时，中间只喝了一杯白水，应该有的一顿晚餐也免了。儿子曾告诉我们上飞机前要吃饱，当时没有听懂，觉得关照有点儿过分，我们还不知道吃午饭吗，原来他嘱咐的是飞机上的晚餐。不过因为忙乱与紧张并没有觉出怎么饿，不然，这漫长的 4 个小时够我们受的。

后来才知道，本来美国国内航班也像中国一样提供午餐和晚餐，还有不限量的饮料，但"911"后航空公司不景气，这些待遇全免了，只有头等舱维持原状。以后我在美国也坐过几次飞机，服务基本如此。对了，飞行期间还给过一袋小食品，很难吃，超市里有卖，很便宜。

那两个年长的服务员一次又一次地穿梭服务，要吃饭和喝饮料的旅客不多，生意比较清淡，送食品与饮料用不着推笨重的手推车，但因为要收费，业务增加了不少，俩人一直也没闲着。我留心观察这两个乘务员，他们虽然上了年纪，但身体非常健壮，也非常有活力，他们不像国内空姐，轻手轻脚，轻声慢语，动作幅度大得多，但并不过分。

飞机并没有在预定的时间 22 点降落，已经超过了一个小时，连我这个生人都看出了问题，飞机在天上打转，地面的街景怎么老是一个样子。广播响过好几次，但我们一句也听不懂，周围又没有中国人，情况不明，不禁有几分焦躁。显然下面是个山城，

灯光是分层次的，特别是流动的车灯显示出城市是建在山坡上的。飞机几次穿透云层下降，又几次爬升，云层中不时亮起了闪电。有点儿明白了，可能是遇上了暴雨。飞机终于在23点钟左右才降到了地面，这时舷窗上已淋上了不少雨滴。

下飞机时，那两个乘务员仍然站在舱门口与大家道别，仍然是灿烂的微笑，见到我时，那个男乘务员还眨了眨右眼。

以后又在美国国内坐过几次飞机，乘务员大部分都上了年纪，只有一次碰上了一位年轻的小姐，但靓却是谈不上的。

就这个问题我向明白人请教，他们说，在美国当空姐，远不及在中国的地位，算不上什么好活，倒有点儿像火车上的列车员和大巴上的售票员。美国航空运输非常发达，坐飞机太稀松平常了。你可以从机场的规模看出来，辛辛那提顶多算个中等城市，但飞机起落十分频繁，跑道上等着升空的飞机排成长队，机场内竟有地铁。我经过的洛杉矶、芝加哥、纽约、波士顿这些国际大都会的机场，飞机几乎一刻不停地在起飞与降落，甚至有时几架飞机从不同的跑道同时升空。从登机口的设置也可以看出机场的规模，美国不像国内按照航班到达的地点设置登机口，而是按航空公司设置，各航空公司不在一座登机楼，有的相距很远，对于初次到美国又不懂英语的人，中途转机难度不小，能顺利找到登机口确实不容易。虽然机场规模大，起落航班多，但绝少出现事故，他们的管理科学、严格而且规范，值得我们借鉴。

其实除了空姐之外，美国许多"窗口"行业，比如超市营业员、饭店服务生、旅游景点的服务员，年龄都偏大，甚至上了年纪，而且干得有声有色。美国人身体健壮，在上了年纪的人群中更为明显，活力四射，精气神十足，很自信，而且感染力特别强，把周围气氛也带得非常活跃。

确实，像我们这些在美国短期居住的匆匆过客，打交道的大多是窗口行业，见到的从业人员普遍年龄老化，容易产生错觉。觉得美国是一个老年人的社会，那么年轻人都到哪里去了呢？是不是这些窗口行业偏爱年龄大的工作人员呢？我没做过调查，不敢妄言。不过从中可以看出，这个行业肯定不是美国的肥缺行业。服务行业技能性比较低，稍加培训就能上岗，而那些技能要求高，收入也高的行业应该是年轻人趋之若鹜的行业了。但这些竞争并不在人力市场，而是在念大学时就分流了。

这个问题，还是我们在美东六日游时认识的导游老桂的解释比较权威。

老桂是个华裔美国人，今年刚交50，操一口广东话，相貌也是老广的，鼻宽嘴阔，只是身材高大，又有点儿像东北人。50岁的人能够带50多人的旅游团上路，一路上汉语、英语两套解说不算，还要联系食宿、安排行动路线，非常辛苦。他是个非常干练的人，简捷明快，而且说一不二，很少拖泥带水，在这种人人都想说了算的地方，确实需要一个强权人物。他每天都要给车内的乘客调换一次座位，尽量做到公平合理。看得出他见多识广，经验丰富，处事老到，可是他身上的活力又不像年过半百的人。

那天在波士顿哈佛大学门口，我回来的还早一些，他已经等在那里了，我趁机把嘴边的问题向他请教，他是这样回答的：美国所以有这么多上了年纪的人在一线工作，比如我老桂，50岁还能当导游，一是身体好，二是经验多，年龄在某种程度说明你的资历和阅历，这么说来，年龄不但不是累赘，而且是个优势。但最根本的原因还是美国人口少，劳动力缺乏。这两年虽然失业人口增加、劳动力过剩，但过剩是相对和暂时的，缺少还是绝对的，不然美国不会容许那么多人移民美国。老桂对国内情况非常了解，曾带团到过中国。但如果真让老桂回国发展，还当导游，可能性不大，因为这把年纪还在一线工作会被人们看不起。不用说导游，连旅游公司的老总这个年龄段的都不多见了。国内是年轻人的天下。

我们这代曾经下过乡的知青已经进入暮年，早已退休或临近退休了，这是历史的必然，是自然规律，用不着唏嘘惆怅，因为我看到了美国老年人身上的活力与达观。

汤匙的角度

初到美国，一家人围坐饭桌吃饭，当然吃的是家乡饭，虽然米面肉菜是从美国超市买来的，但摆上餐桌的饭菜全是地道的中餐，甚至使用大部分炊具、餐具还是由国内带来的，更是原汁原味。西餐实在难以受用，孩子虽然适应一些，但如果让其选择，自然还是中餐。恐怕这代人是改不了了。

喝汤时，总感觉汤匙不大对劲，舀不上多少汤，觉得这把汤匙有点儿怪，换了一把，还是如此，左看右看就是看不出门道，别是我老不中用了吧！我问，从国内带来的勺子还有没有？还真有，孩子马上拿来一把中国的汤匙，这回就对了，终于找回了使勺子的感觉。我把两把汤匙做了对比，并无差别，勺子、勺柄一样，都是不锈钢材料，大小也一样，连重量都差不多。当把两把汤匙叠在一起时，差距找出来了，两个汤匙的角度不一样，美国汤匙的勺与勺柄方向是平行的，但中国汤匙的勺尖却微微上翘，怪不得呢！

为什么有这种差别？于是，这个发现成为我们饭桌上讨论的重大课题。问题不辩不明，结论很快就得出来了，还是缘于饮食习惯。美国人从盘子里往外舀汤，水平角度比较合适，但中国人使用的是碗，碗是有深度的，以美国勺子的角度，如果不加注意，汤基本全部洒掉，但中国的汤匙却可以做到滴水不漏。

有点儿意思！

孩子住的是一套公寓，厨房没有排烟罩，从一开始我就感觉别扭，厨房在最里间，一做饭，特别是炒菜的时候，油烟四起，很快就充溢到各个房间，挥之不去，经久不散。所以，厨房的炉台上、墙壁上，都是油腻腻的，地板走上去都有点儿粘脚。我问为什么不安排烟罩，孩子听了一愣，似乎是个新问题，排烟罩装或者不装，并没有深入思考过，早已习惯了，留学生宿舍如此，美国家庭也如此。那次参加孩子导师举行的一次家宴，特意看了一下厨房，还真的有一个类似排烟罩的东西，有点儿像国内第一代平面式排烟罩，现在市场早已绝迹。而且没有风扇，不带任何动力，没有室外管道，更无法通向烟囱，充其量只能叫作滤烟器，过滤效果可想而知。

听说商店很难买到排烟罩，也有的说纽约有售，很想托人带过来一个。想想国内的排烟罩，早已成为厨房之必备，已经更新了好几代。广告更是满天飞，什么方太、老板、帅康，应有尽有，以美国的科技水平不会生产不出排烟罩吧！难道美国人不怕烟熏火燎？真的不怕。美国人的饮食习惯是冷食，生食比较多，很少煎炒烹炸，过油的东西并不多，看看他们煤气灶的火力就知道了，忽忽悠悠，饺子下锅很容易塌底子。有个领养中国孤儿的家庭为了让孩子能吃上中国菜，专门买了一个火力大的电炉灶。

在美国住的时间越长，觉得中美生活习惯的差别就越多，美国的自行车很少，而且没有挡泥板，美国不会是缺那块铁皮吧？车铃也没有，头盔却是必需品。我琢磨其中的缘由，在中国东北农场时全是土路，一下雨自行车的轱辘就会像糖葫芦一样粘满泥，轱辘根本不能转，于是有人把挡泥板卸下来，是个好办法。但这肯定不是美国自行车不装挡泥板的原因，因为美国路面清洁无土。也许正因为无土，所以不用挡泥？不对，挡泥板不光挡泥，照样挡水，那么下雨天呢？那路面的雨水会全部扬在骑车者身上，他们就只有不骑了吗？实在不明白。后来才知道。在美国，自行车是玩具或是体育器材，并非交通工具，下雨天自然没有人会骑了，但那个头盔却是必需的，既是锻炼，速度当然很快，再说美国没有自行车道，骑车其实是很危险的。这种自行车做工很讲究，坚固耐用，挡位有好几个，轱辘很宽，特别适合辛辛那提这样的山地城市，所以价格非常贵。

一方水土养一方人，像中国人使筷子、美国人用刀叉，中国人说汉语、美国人讲英语一样，这是文化的差异，生活习俗的区别。习惯成自然，存在就是合理，是人类社会丰富多彩的体现，没有什么先进与落后，更谈不上孰优孰劣，用不着沾沾自喜，也犯不上自轻自贱，更不必上升到民族感情的角度，非要争个尺长寸短不可。但愿人长久，千里共婵娟，天上的月亮一样圆。

理发剪与它的附件

理发，生活琐事一桩，半月或者一个月，头发长了，就像草坪，怎么也得修剪一下，不然怎么出门？

这事是由孩子的室友小张提起的，本来理发好办，找学生会的同学理就行了，但这次小张要做毕业答辩，需要讲究一下，体面一回。

留学生理发这件小事，中国学生会想到了，也想出了办法，置办了理发工具，并招募志愿者充当理发员，定期为学生理发，收费 2 美元，象征性的，收入充公，理发员是尽义务，白干，凭觉悟，因此理发员不固定。所得全用于买理发工具和其他杂用。当然理出的水平就可以随意想象了。每到一定时间，义务理发员就会在学校的 BBS 上发出帖子：本周五有理发活动，如有意理发者请届时参加云云。中国留学生们见到帖子，不由得摸摸脑袋上的茅草，是该修剪了。

我见到了学生们理发用的电推子，与中国的长相差不少，结构简单，制作也算不上精致，个头比中国的大好几号，这是简陋的一面，复杂一面是有好多种型号，大小不一，带齿的附件实在看不明白，后来听说是套在推子上，以标定头发的长短，就坡下驴，顺着脑袋撒欢就行了。当然，这种推子只能理一种发型，因此我在儿子寄来的留学生的照片中，尤其是集体照，见到的发型最多的就是这种寸头，当然是特殊的寸头，理出的头发，根根直立，与头皮距离相等，而不是中国流行的板儿寸、锅铲寸、老板寸。国内都知道寸头难剃，要的是硬功夫，最看技术啊！

这种推子可以看出留学生的生存状态，一切从简。既然这种工具出自美国，也可以依稀看出美国人的价值取向（不敢说是全部美国人），简单，简洁，不追究细节，具有程序化、格式化、工业化、批量化的特点。这种推子及其附件在国内很难见到。理发怎么说也是一种技术活吧。是技术就有难度，你既然干这一行就不要嫌麻烦，就得老老实实学，从洗头学起，要么为什么有 3 年学徒，只管吃喝不发工资呢？总不能像工业化大生产，定好标尺，机床顺着跑就行了。要知道，这个加工对象是脑袋，是个活物，不是齿轮，不是螺丝，长一个模样，差别大了去了，大小、形状、平整情况、头发疏密、软硬程度，这些都在戴着齿形标尺的推子面前淡化了，忽略不计了，因此加工出的产品整齐划一，品种单一，千人一面，一个模子里倒出来似的，至于美学吗，就大可不必追究了。

我看着照片上这些年轻人的发型，虽说不上多大毛病，却实在不敢恭维，但儿子说，给他理发的那个同学最近就要收徒弟了。这位受人尊敬的师傅还谦虚地表示，薄技在身，不敢专也，不是个人财富，全凭各位兄弟栽培和信任（提供练技术的机会），因此要造福于社会，起码要服务于中国留学生。此公高风亮节令我叹服，但我更钦佩他敢于开班讲学，招收弟子的勇气。

当然有了这种工具，新手确实可以大胆上路。虽然推出的头发有些初级、原始，却不会造成重大闪失，让你出得去门还是不成问题的。

爱美之心人皆有之，谁都有起码的审美标准。也许，他们参加工作后再理这种头是无颜去公司上班的。但在读书期间，学习忙，钱更忙，一切只能从简，男生如此，女生也是同样，一个个素面朝天，T 恤衫、牛仔裤，其实美国学生也同样，彼此彼此。教授穿着也同样随意。

　　由此我想到中西方文化的差异，美国人活得简捷，复杂的事到他们那里往往变得简单，我们却是相反，把简单的事往复杂里办，比如鲁迅笔下的孔乙己，以熟知茴香豆的茴字四种写法自傲。还有我们引为自豪的古诗词，格律繁复，捆绑了作者的思想，当把古诗译成外文时，华丽的格律全被过滤掉了，剩下的内容就显得十分苍白了。

　　那个小张最终还是选择了掏十几刀（美元）到美国的理发店去剪了头，回来后，让我看了看，觉得还说得过去，他却十分不爽，总觉得不如家乡四五块人民币的理发店推得好。长了两天，才敢让他的老板审核，帮助把了把关，虽不满意，也算勉强通过。说说而已，美国人对此并不太介意。

　　很想带上一把这种电推子回国，只是电压不对，只好作罢。

买车，给个理由

　　有个周末，孩子与几个同学相约到一个公园吃野餐，酒足饭饱后，在停车场转了一圈，看了那些漂亮的轿车、越野车，不住地称赞。不过他们知道自己兜里有多少钱，过过嘴瘾而已。再回头看看自己的坐骑，实在提不起精神。其实我看着一排车停靠在一起，也挺壮观的。

　　中国留学生到美国后，一般在一年之后就要张罗买车，这倒不是追风赶潮，留学生没有这份闲心，更没这份闲钱！但买车是不容置疑的，其理由是：

　　1. 需要。在国内，下楼就是小铺，超市、购物中心往往坐落在市中心，但美国超市大多远离市中心，至少有半个小时的车程。刚到美国的中国留学生都有这样的经历：去超市买菜买米买肉，全靠肩背手提，来回就是几个小时。偶尔也可以搭同学的便车，但只是偶尔，终归不是长久之计。我在美国住了整整 3 个月，孩子无论多忙，每个星期去超市买一次食品是躲不过去的，来回就是半天，满满一后备厢，几个人来回搬运好几趟，没有车简直无法想象。汽车实在不是奢侈，而是生活之必需。

2. 便宜。新车留学生是不敢问津的，只能买旧的。二手车最便宜的两千美元就能买到手，贵一点儿的不过 5000 美元，两三个月的奖学金足够了。牌子及款式无所谓，要紧的是结实，少出毛病，少找麻烦。便宜无好货，买车花钱少，修车保证找回来，此消彼长，占不到便宜的，而且误事添堵。留学生都愿意买自动挡，好学好开。

3. 考驾照容易。只要车到手，找个同学略加指点，快一些的一个月内就能拿到驾照，慢的也不过两三个月。在这里，成年人学车用不着参加训练班。办驾照手续费少得可以忽略不计，区区 20 美元就可以搞定，相当于人民币 160 元。所以出国前办的傻事莫过于急三火四地办驾照，怕不保险还要出钱做公证，美其名曰世界通用，蒙人的。美国有的州并不认账，需要重考。国内考驾照要花好几千元，还得花时间参加学习班。最明智的做法：学好真本事，有技术没证好说，反过来就麻烦了。

4. 不花买路钱。辛辛那提并没有常规的养路费一说，一分钱不用交，道桥费也非常少，有时收费只有 10 美分、20 美分，象征性的，还不够麻烦的。那次有几个留学生开车到波士顿开会，相当于从北京到哈尔滨的距离，去时只花了两美元，回来花了 11 美元。正像没有免费的午餐一样，也不会有白跑的道路，我更相信羊毛出在羊身上的道理，老百姓交的税中肯定包含了这个部分，并没有占多少便宜，不过没有车就大大地吃亏了。

5. 汽油省钱。8 月份儿子在加油站加油，我注意了标价，1.70 美元一加仑，一加仑约等于 4.6 公升，仔细算了一遍，折合人民币 3 元 1 公升，与中国油价相似，于美国车主来说过于便宜了。不过最近油价飞涨，已经涨到 2 美元一加仑，折合 1 公升 3.6 元人民币，仍然不贵。

6. 停车方便。一般来说，购物休闲等场所停车很方便，免费的。很多街道可以停车，并不违规。还有些要收费，计时的。你租了房子，房东总会给你找到停车的地方，即使真的需要租车库也不算贵，月租费不过几十美元。但市中心停车很贵，便宜的早被别人占上了，而且遇到球赛之类，在附近找个停车泊位很难。美国大城市就没有这么幸运了，停车很让人头疼，那次去纽约，立体停车场让我大开眼界，雄伟壮观，登上帝国大厦俯瞰，看到很多楼顶上停着汽车，密密麻麻如蚂蚁一样拥挤。

7. 公共交通不发达。在美国，像辛辛那提市这样的中小城市，公交车只有数得出来的几条线路，街上跑着的公共汽车更是少得可怜。出租车很难遇到，有人说打出租需要预约，远不如国内方便。

8. 扩大生活的半径：假定没有车，你不可能去看朋友，不能看球赛，不能参加经常举行的 Party，更不可能到其他州去参加同学的婚礼……你的社交面就会受到极大的限制，于情，于理，于个人兴趣都是说不过去的。在美国这 3 个月时间，我曾想过，如果没有车，我们将怎样生活？只能在附近街上打转——远了怕找不着家；或枯坐家里看电视——电视又看不懂。日子很难熬。

由小皇帝到厨师

每天下午 5 点多钟，儿子的两个室友会准时回家，第一件事就是扎上围裙，洗菜，切菜，煎炒，煲汤，手脚麻利，动作熟练。碟碗碰撞，刀砧之声，不绝于耳，不出半个小时，两个小家伙已经坐在桌前大吃大喝了。吃完饭，他们会坐在饭桌旁喝上一听饮料，闲聊几句，然后再去照看各自的实验室。留学生的生活单调而有规律，像物理学中的单摆运动，学校——家门，家门——学校，他们在宿舍里待的时间很短，大部分时间都泡在实验室里。

儿子在出国前曾跟妈妈学了一个拿手菜：鸡蛋炒西红柿，操作简单而富于营养，没想到至今仍然是他的担纲菜。只是妈妈到来后，他退出厨房，业余的给专业的让贤。

我仔细观察过他们的厨房，一个很大的冰箱，足可以储藏几个人一星期的食品，炉具是煤气灶，有冷水管，热水管，这些是房东提供的。高压锅、炒勺、菜板，还有菜刀，或悬挂，或摆列，整齐有序，这些炊具是从国内带来的。恍惚间，我仿佛回到了国内。炊具是中式的，烧出的饭菜自然也是中餐，西餐仍然吃不惯，一个人的口味是终生的，就像性格一样难以改变。

与中国厨房稍有区别的是，这里的炒勺是平底的，与炉灶相匹配；炉灶的火力非常小，火苗如豆，炒菜如炖菜；没有排烟罩，这与美国人不喜煎炒烹炸有关。

我到过不少留学生家里做客，他们或独身，或已经成家，不过都能准备出一桌相当丰盛的菜肴。

看着孩子们有滋有味的生活，我十分感慨。这所学校的留学生大部分都是独生子女，是家里的小皇帝，过惯了衣来伸手、饭来张口的生活。他们踏上异国的土地，远离父母，开始独立生活，必然遇到诸多困难，最现实的问题是吃饭，必须自己动手来做，是什么使他们完成了由小皇帝到厨师的嬗变呢？

我想起这样一个故事：有人让傻子两只胳膊平伸，绑在一根扁担上，然后用鞭子抽他，傻子夺门而逃，但扁担把他卡在了门口，傻子受痛不过，终于侧过身子，顺出了门口。看来傻子逼急了也会聪明起来的。

这些孩子学习成绩确实优秀，只是生活能力差。学生的生活能力与学习成绩成反比，这个道理地球人都知道。据某省高考状元说，他在进大学前要做的头等大事是学会洗衣服，在此之前，他连袜子都没洗过。

孩子该不该干家务？国内家长回答是否定的，总怕挤占了孩子宝贵的学习时间。你随便问一个留学生，在国内，他家煤气灶有几个炉眼，能答上来才是怪事。其实像刷碗、擦桌子、拖地板，甚至学会炒几个家常菜，并不会耽误多少时间，相反倒会让孩子得到积极的休息，换换脑子，有利于学习。更重要的是，孩子从小就应该懂得父母的辛劳，懂得感恩，作为家庭成员之一，不能只图索取，不思付出，知道有一分责任担在肩上。否则孩子在独立之后，会遇到许多麻烦，生活技能上的问题不难解决，难以克服的是心理。出国后，你会和几个同学住在一起，在家当惯了大爷，处处摆谱，等人伺候，同学可是不惯着你的。

自己不劳动，只能挨饿，事情就这么简单，也这么严峻。其实，做饭真有这么难吗？经过层层筛选，一路过关斩将过来的孩子不会弱智到这种程度。没过多久，这些孩子个个都成了合格的厨师，无一例外，无一落伍。人还是需要一些压力的，没有吃不了的苦，只有享不了的福。

因为是几个人合租一套房子，他们做饭就要搭伙，这样可以节省时间。做饭采取值班制，一人一天，公平合理，但也不是死规矩，可能有忙的时候，谁有空就会主动承担责任，却绝无偷懒者。这种做法有利于培养孩子的团队精神，团队精神在美国受人推崇。

其实做饭本身也是乐趣无限，粗放一些的，随心所欲，以做熟、填饱肚子为标准；讲究一点儿的，买本菜谱，还真能鼓捣出一些花样；留学生小张很有意思，有时买了菜，一时无从下手，就会抓起电话请教老爸，爸爸总会给他一个完美答复。

不过眼下留学生都很忙，再加上心不定，吃饭与做饭大多敷衍了事。也许等他们工作以后，才有时间尽享这道人生风景线的。

留学生租房

辛辛那提大学秋季开学是在 9 月份，留学新生大多在这个时候来校报到。

到美国的当务之急是住，找一个落脚的地方。所以留学生与美国房东签约也都是在这个时候，这一签就是一年。签约前，人家要到学校咨询你的信用情况，换句话说，就是要找个担保单位。签订的协议是无法变更的，美国很看重契约，合同就是法律，千万不可小觑。如果你中途悔约，只能老老实实地补齐后几个月的房租。

既然一住就是一年，满意与否，只好等来年了。每当8月份，合同即将到期，是留学生们开始找房子的时刻。找房子无非几个条件，一是房子舒适，二是离校近，三是便宜。然而鱼和熊掌不可得兼，便宜无好货，非远即小，一分钱一分货，物有所值。找房子不是件简单事，伸缩性太大，多次改变主意，交了定金又反悔，白扔25美元是常有的事，我的孩子和室友都发生过多次。所以租房是不能包办代替的事，有些新来的同学让老校友帮助找房子，一般都会碰上软钉子。别的忙好帮，唯独这个忙不愿帮，也不能帮，自己都拿不准主意的事，怎么替别人拿主意？

住房确实说道不少，比如离学校远近，有的新生对此不甚了了。其实这是个很关键的因素，住得远，房钱省下了，但花在路上的时间就多了，而且有一个容易被忽略的问题——安全，留学生学习和工作非常忙，免不了早出晚归，这个城市的社会治安总起来说还是不错的，但晚上在僻街小巷被劫的事还是时有发生。当然可以开车上学，但在学校停车是要收费的。

大学周围有一片留学生公寓，离学校近在咫尺，对没有买车的新生是首选。这些房子大多是一幢幢的独立楼房，造型很别致，门口有个门厅，摆放几把椅子，夏天可在里面乘凉，只是蚊子很多，最好找个刮风天。也有的类似中国板式结构的楼房，比较乱，很嘈杂。不管是独门独户或是板式结构，这些楼房都比较陈旧，三屋一厅或两屋一厅，还有的一室一厅，大家合住在一起，既省钱又个照应，还比较安全。屋内的设施比较完备，厨房里有燃气灶或者电炉，一般都配有大号冰箱，足够几个人使用，还有卫生间，洗澡不成问题，热水是24小时供应的。

　　这里不提供家具，没有床，更没有被褥，行李都是留学生们从国内带来的，宿舍不是宾馆。孩子刚到美国的头一个月都是睡在地板上的，后来才有了床。被子不必太厚，因为冬天屋子里非常暖和，房屋封闭好，暖气烧得也好。

　　这里烧暖气与国内不同，国内是集中供热，取暖日期是铁定的。这里的暖气是房东烧的，根据天气决定。辛辛那提气候反复无常，那次看网球比赛竟没有看完，冻回来了。第二天早上，暖气片热了，我觉得奇怪，8月份也送暖气，房东不错。以后几次碰上刮风下雨，都及时送来了暖气，感觉房东很体贴房客。

　　留学生们对住房要求并不高，正如有部电视剧所说，"都是苦孩子出身"，这些孩子家境大多不富裕，苦还是吃过一些的。再说这些孩子有的读完本科就来到美国，还有的是研究生毕业后出来的，国内大学住宿条件明摆着，多人住一个宿舍。这里虽然合住一个单元，但单间还是有保证的，夏有空调，冬有暖气，多数人感觉不错。比如我的孩子和他的室友，兴冲冲，乐呵呵，心满意足。但在国内曾工作过一段时间的留学生就另当别论了，有的在国内一年挣十几万，甚至贷款买了房，福是享过一些的，而且年龄偏大，住此寒舍，失落感很重。有一位刚来的留学生在给家里打电话的时候，伤心得掉了眼泪，在他看来，虽然这里沾点洋味，却总有遭二茬罪的感觉。

穿给自己

　　我们飞抵辛辛那提机场的时候，儿子早已等在了登机口。那天他穿的是一件米黄色的圆领 T 恤衫，一条蓝色的牛仔裤。这身衣服我看着很眼熟，是两年前从国内带去的。

　　想当年，孩子拿到美国签证以后，最耗时耗力的就是买衣服了。

美利坚穿什么，不得而知，也无人可问，好在有网络，很顺利地查到了资料。网上说，美国人穿着非常随意，一件T恤加一条牛仔裤，足可以对付大半年，更不必买什么名牌，西装可买可不买，平时穿不着。

对家境贫寒的中国留学生来说，肯定是个好消息，既省了钱，又给足了面子：并非穿不起也，是环境不需要也！人们常说，在美国的中国留学生穿着土气，说话洋气，花钱小气，是事实，也是无奈。如果碰上一个苛求穿着的国度，难受的不只是留学生，家庭也是不小的负担。

我们来到美国后，在衣柜里看到了孩子的全部家当，一律眼熟得很，都是老伴儿一件件选购的，甚至记得清出自哪家商店，多少钱一件。当然不能说一件新添置的也没有，但很有限。比如皮鞋、旅游鞋，坏得快，不买不行。

一次和留学生们出去野餐，姑娘小伙儿正年轻，应该是最该留意自身形象的年龄。但穿着却非常简易、随便，小伙子们T恤牛仔，女孩子们呢？牛仔T恤。我忽然觉得有什么地方不对劲，这些女孩子素面朝天，与国内大学生无异，可为什么没有一个穿裙子的？

对中国女孩子来说，夏天是盛大的节日，因为夏天可以穿上漂亮的裙子。盛夏的哈尔滨，在松花江畔，中央大街，高挑的身材，白皙的皮肤，再加上花样翻新的连衣裙、短裙，成为哈尔滨最亮丽的风景。但在辛辛那提大学校园，在繁华的"当趟"（市中心），却很少看见穿裙子的女性。一般都是长裤，或者短裤，水洗布，蓝、黑，或者灰，颜色暗淡。

为什么美国姑娘不爱穿裙子？没有令人信服的答案。有的说，美国人出门就开车，穿裙子，特别是那种一步裙、半步裙，上下车很不方便；也有的说，美国人有席地而坐，特别是坐在草坪上的习惯，鲜艳的裙子很容易被青草染绿，不如灰不叽叽的水洗布耐脏，云云。

　　这里穿衣服随意到什么程度？一身笔挺的西服，却可以配上一双旅游鞋，并不算毛病。那次我和老伴儿随旅游团去华盛顿，给我们做导游的是个华人，上身一件西服，下身牛仔裤，外加一双休闲皮鞋。更滑稽的是大晴天挟一把雨伞。他说，这是美国导游的职业标志。

　　当然美国人也有讲究的时候。求职面试、出席结婚仪式等等，必须衣冠楚楚，西装革履，一点儿也马虎不得的。我和孩子在剧院听了一次交响乐，出席音乐会的一个个表情严肃，西装笔挺，领带打得板板正正，整个音乐厅里气氛凝重。但我明显地感觉到，出席音乐会的人大多有了一把子年纪，有点儿像国人看京剧的群体。我不敢说这是普遍现象，并由此而推断交响乐的前景，但那次没见到几个年轻人是确实的。

　　该讲究的时候不讲究不行，不该讲究的时候讲究更别扭，比如野餐、参加同学聚会，你穿得太正经会把整个轻松的气氛搅坏，别人不舒服，自己也不自在。有个中国留学生可能出于习惯，也可能出国前没有上网摸清美国穿着的行情，带来的上衣全是带领的衬衫，是配西服穿的那种。每天上课、做实验，或走在校园里，显得很做作，很扎眼。不知是别人提醒，还是自己有感觉，有一天他到超市一下子买了好几件 T 恤衫，而且全是圆领的。

　　在美国的超市（不包括精品店），好多衣服裤子是叠好摞在一起的，很简易，很不讲究，当然都是些中低档衣服。不过在国内，即使是服装摊的衣服上也有个包装袋吧。

　　还是这句话说得有道理，美国人活得自在、自我，穿着也是如此，爱怎么穿怎么穿，怎么舒服怎么穿。他们的衣服是穿给自己的，不是穿给别人看的。在穿着上很难兴起什么潮流，远没有国内时髦，一年一个流行色、流行款式。

　　也许不跟潮流也是一种潮流吧！

新来的留学生

儿子2002年到美国留学，在出发的第二天我就收到了他的电子邮件，顺利到达，我们提着的一颗心终于放下了。

过了五六天，收到了他的照片，一切顺利，万事无忧，照片上的他也是一脸的幸福。

这次探亲到美国，目睹了他的生活状况，在和周围的孩子们聊天后，才知道他们初来乍到时的艰难，也知道儿子向我们汇报情况时省略了很多。

每当新的一年到来，都有一批国内学子经过左冲右突，终于漂洋过海，踏上了漫长的求学之路。他们面对的是一片完全陌生的土地、陌生的面孔、陌生的生活习惯，孑然一身在地球的另一侧闯荡世界了。

最难的是开头几天。

谁来接站？住在什么地方，如何搭锅立灶过日子？

新生入校，学校没有义务安排你的生活，从这一点看来，远不如国内大学做得好：在火车站、飞机场有专车接站；学校设有接待点，更重要的是学生宿舍，学生食堂都是属于学校的一部分，无须学生操心。这样一来，新生入学有依赖感和归属感，我们的习惯还是事事靠组织。

在美国探亲期间赶上了新生入学。在为一个新生接风的家宴上，这几个孩子算了一下，在美国这所大学，他们的国内校友就有十几个，接站找校友自然是首选。这个留学生是儿子去机场接来的，同样，那年儿子到美国也是被校友接来的。

接站的另一个途径是大学的学生会，每年开学前夕，中国留学生会就会发出倡议，征集去机场接新生志愿者；入学新生在国内登录这所大学的 BBS，在网上填写一个表格，把自己的航班及到站时间写清；然后由学生会通知志愿者，告知新生到站情况及联系方法；再由志愿者与新生直接联系，并把结果告知学生会。接站是个苦差事，完全是义务性的，使用的是私车，占用的是自己的时间，每个到校的新生一般是 4 件行李，两个大箱子，一个拉杆箱子，外加一个背包，到美国是过日子不是旅游，要带足穿的、用的、铺的、盖的，还有锅碗瓢盆，包括中国菜刀。如果这些东西不带，在美国置办，可是一笔不小的开销，而且不一定能置办齐备。每人都会尽量多带，以不超标为限，大箱子一个重 23.4 公斤，小箱子 20 公斤。所以接站除了有义气，还要有力气，大箱子一个个提上楼去可不是闹着玩的。

这两年中国留学生会做得不错，学生到校后，他们都会派员看望新生，中国人的习惯是在家靠父母，出外靠组织，留学生会虽然是纯义务性质，但毕竟是中国留学生的家。他们帮助新生找一个临时的住处，还要带新生一起去逛超市，买些吃的，如面包、水、方便面等。这是一个传统。有豪爽一些的还会把新生领到自家住上一段时间。不过也有那么一些不太仗义的，比如有个新生在他那里待了一宿，第二天离开时，说是过了 12 点，要收一天房租，掏 10 块钱吧。显得十分委琐。

值得一提的是，参与接站的还有美国的教会，每当新生入学，美国教会都会主动找到中国留学生会，提出接新生的意愿，热情、尽职尽责而又不索取任何报酬。这种做法，让初来乍到的中国学生很难理解。这不是活雷锋吗？不仅如此，美国人还会在周末主动开车来到留学生的住地，拉没有车的留学生到超市买东西。

不要以为美国住房里万物齐备，实际就是空房子一个，只有一个电冰箱，锅碗瓢盆这些早有准备，但睡觉用的床总不能从国内带吧。儿子刚来那几天在学校临时提供的住处暂住，而且还要付一定费用，那几天，他吃的是方便面，或者啃面包。租了房子后没有床，睡了半个多月的地铺，家具是连捡带买，慢慢才置办齐的。

当然最不方便的还是买东西，这里不像国内，出门就是小铺，商店也不算远。美国的超市离住处很远，至少都有半个小时的车程，辛辛那提市属于美国中部城市，公共交通很不发达，公交车没有几辆，打出租需要预约，没有私家车就惨了，大多数中国留学生都经历过这么一个阶段：炎炎夏日，徒步到很远的超市买食品，学习、工作时间很紧，他们不可能经常光顾超市，一次就要买回一个星期的食品，手提肩背，十分辛苦。

只身闯世界必须有相当强的适应能力。在这所大学里，我接触过许多留学生，平民子弟占绝大多数，有的家境相当贫寒，父母是工薪阶层的已经算很不错的家庭了。农家子弟也不在少数，有的出国时借了不少钱，到美国后，除了支付自己的生活费，还要把债还清。也许这也正应了"寒门出贵子"这句古话。这些锻炼，或者称作小小的磨炼是暂时的，但是一个必经阶段，对他们的成长大有好处。

趴车趣事

中国留学生喜欢把停车称为趴车，停车的英语是 Parking，说成趴车，音义兼备，真可谓中西合璧。不知这帮孩子是怎么想出来的。

趴车是最基本的技术。美国每一个公共场所，特别是超市都有一个大停车场，这一点国内也注意到了。因为没有停车场或停车场狭小即意味着丧失商机。美国的停车泊位不算宽敞，在狭窄的空间中施展技术不容易，时间长了没有锅勺不碰锅沿的，刮刮碰碰是常有的事。对于学生说来最难的是"平趴"，何谓平趴，就是平行趴车的意思，车一辆辆停在道边，中间有个空位，你把车塞进去，就叫平趴。平趴需要技术，也需要窍门，一般来说，找到一个停车位，不要一头扎进去，而是小心地靠近，开过一

些，然后再倒进去，这样停得位置保证准确。

在美国，买车是早晚的事情，但停车是个大问题，要建一个商场，先得考虑建停车场，所谓兵马未动，粮草先行。

我到过许多超市，最显眼的就是停车场，停车场的面积大还是营业厅的面积大，我没有做过统计，不敢妄言，但停车场面积之大是我在国内想都不敢想的。上次去一个蔬菜超市买菜，超市门前的停车场足有两个足球场那么大，非常之宽阔，而且汽车一辆接一辆，想找一个车位都很难。那次登上纽约的帝国大厦俯瞰市容，映入眼帘的就是那些停车场，这种停车场有许多建在楼顶，汽车大小，状似火柴盒，密密麻麻，颇为壮观。

停车场有平地的，更有立体的，特别是一些大城市，有时还要动用吊车。所以每个大型建筑的周围都会有大型的停车场。有时还会见到非常有趣的现象，一个楼房刚刚开工，还看不出是个什么建筑，先建起来的却是停车场。另外，你走在大街上，特别是在一个大型单位周围，都会单辟一些地块做停车场的，而且上面明码标价，一个月多少钱，一天多少钱。

这座城市中有很多条街是允许停车的，而且是免费的，比如我们住的这条街，道两旁停满汽车，看来修道的时候已经把停车的宽度让出来了，但比较繁华的道路上就严禁停车了。还有一些道路就得花钱了，旁边立一块牌子，标明价格，你必须按时按价往里投币，否则就会遭到处罚。上次我们去见一个美国朋友，因为儿子心细，停车时看清了收费标准，一直惦记这件事，会见中间准备去兑换硬币，这位美国朋友很慷慨地掏出几个硬币，儿子没有受罚，但那位朋友出来的时候，自家车的风挡上却贴了一张36元的罚单。

对学生说来，找房子必须要考虑这么几个因素，一是舒适，二是房价，三是离学校的远近。离学校远，房价一般便宜很多，但你必须每天开车上学，这样你除了油费以外，还要交每月60元的停车费。所以必须把房价与停车费放在一起综合考虑，哪样最划算。当然还有另一条出路，这就是骑自行车，所以不少学生买了自行车。不过让人头疼的是经常丢车，在这里顺便提一笔，国内有报道说美国人从来不用车锁，实为骗人的鬼话，孩子的自行车就是被偷走的，而且不是粗心大意，是在严加防范的情况下丢失的。买了一把很大的车锁，而且是锁在一个非常粗壮的栅栏上，但仍然不翼而飞，后来再也不敢让车在外面过夜，每晚都扛上楼。

我在美国东部旅游，感到塞车是家常便饭，在纽约、在华盛顿、在波士顿，道路拥挤不堪。因此在这几个城市经常看到来来往往的客车，还有各式各样的出租车，这在我居住的城市是见不到的。

后来才知道，美国最繁华地区在东部和西部海岸，人多，车多。中部地区地广人稀，轿车就成为生活之必需，在这里就读的留学生，生活再拮据，一辆轿车是必备的，否则你无法生活。当然塞车现象不严重，趴车也会方便许多。孩子有个同学在波士顿，一直到博士读完也没有买车，不是没钱，而是没有必要，公交系统包括地铁，都很方便，超市离居民区也不算远。再说，开车出门往哪儿停车？趴车成了最伤脑筋的事。

最近孩子有一个同事在华盛顿找到了工作，临走前，在买不买新车问题上犹豫再三，这是个精于算计的人，考虑到税收问题，还是在这里买车比较合算，于是把旧车卖掉，两口子一人买了一辆新车。到了华盛顿才知上了大当，两辆新车基本没有动过，主要原因是趴车太困难，趴完车，到单位还要走老长一段路。因此两口子都是坐地铁上班，好在公交车非常方便。

明税与暗税

平时与税打交道不多，只知道每月工资条上扣税，很少，基本在心理承受范围之内，达不到剜心割肉程度。至于税用到何处，怎么用，那不干我的事，钱税已经两清了。

经常在报端上看到有人在税上犯了毛病，不知别人感觉如何，我觉得和醉酒闹事、年轻人打架差不多，属尚可原谅之列，没有贪污盗窃那么丢人现眼。比如某星偷税漏税，天文数字，媒体爆炒，也"委屈"了几天，可没过多久就"出来"了，出头露脸，风光依旧。

刚到美国那几天，觉得哪儿都不错，就是税不好，太繁、太多，儿子那么点奖学金还得上税，收入高的得交多少？在国内听说美国人收入多少万，千万别信，跟"八十万禁军教头"差不多，交了税剩在手里没几个。

最不习惯的是逛超市，每样东西都有标价，单子一打出来，不是那个数，多出许多，原来还要加税，只有蔬菜之类不用上税。本来商品就贵，再加上税，老百姓能受得了吗？上餐馆吃饭更不得了，一是饭钱，二是税钱，三是小费，给小费不是慈悲，也不是施舍，是必须。在美国过日子真不容易。更让人没法理解的事还有，美国商家促销时商品打折，国内也常见，但零折扣肯定没有。孩子就碰上过一次。在网上订购了商品，很快寄到了手中，然后凭发票得到了全额退款，真是不可思议。当然顾客并非白用，付的税款是一分不退的。如此说来，商家忙活半天只成全了国家，高风亮节啊！

我把这些问题提给了孩子，答曰，这叫消费税，其实国内也不是不收，是暗收，打到商品里了，你看不出来罢了。我颇不以为然，背着抱着一边沉，美国人就是好搞繁琐哲学，由商家代收多省事，再说，感觉上也好得多。

时间一长，我的心理却不知不觉发生了变化。

美国的厕所免费开放，全国性的，很值得咱们借鉴。厕所里面非常干净，洗手液、擦手纸，还有卫生纸，充足供应，甚至连坐便的环形垫纸都准备好了。每当这时总是心存感激，继而诚惶诚恐，我何德何能，受此抬举？现在感觉变了，再看见厕所里的设施，一下子就联想到我在超市里买东西时交过税，这里面有我的钱。于是诚惶诚恐变成了心安理得。刚萌发这种想法觉得自己很委琐，很小人。慢慢地便处之泰然，再走在碧绿的草坪中，喝街上的喷泉式饮用水，使用免费的网球场，竟然觉得很心安理得。

这种心安理得的心理却不断放大，可谓得寸进尺，竟有了诸多不满足，挑挑剔剔。路上有人扔了杂物几天没有清理；有一块草坪被汽车轧坏没有补种；高速公路有的路段裂缝太多车跑起来颠簸，每当这时，就会生出一些埋怨，我交的税钱都花哪去啦？

不过以后再来超市买东西交税时，吃亏的感觉没有了，理所应当啊！

我在美国待了不过3个月，消费极其有限，再说花的钱也不是自己的，竟会有如此感受，那么真正意义上的纳税人呢？

明税与暗税从收税方来看，结果是等同的，但对于纳税者却是完全不同的感受，消费税明收的结果是纳税意识不间断地强化。我一到美国就感到了纳税的浓烈氛围，无人不谈税。那次和一个中国教授聊天，他说自己收入的40%交了税，但并没有亏欠之感。世界上的富国，高福利国家，哪个不是高额征税？美国税制很讲理，国家收了富人的税才能去养活穷人。纳税意识已深入人心，每个人要把收入分割成几部分，税款，还有捐款，先要预留出来，剩下的才是自己的，从小就是这么教育的。照章纳税不仅是法律，也是自觉行为，偷税漏税在美国是重罪，处罚严厉，而且很不体面，信誉受损严重。美国的税制复杂烦琐，一般人很难弄明白，多由会计师事务所打理，合理避税，却从来没有动过一丝一毫偷漏税的念头。捐款被看作天经地义，并无被迫之感。

"纳税人"在美国是一个响当当的词汇，与"公民"有着同样的重量，纳税人有纳税的义务，当然权利也是不容侵犯的。取之于民，用之于民是税收的基本原则，如果谁胆敢拿纳税人的钱打水漂，套句"文革"的话来说，那是一千个不答应，一万个不答应。

纳税意识是一个国家文明的标志。

美国人的量化观念

那次与孩子到一个中国人家里做客。他是孩子的师兄，已经在美国工作两年多了，买了很大的房子，一幢独立的二层小楼，卧室在楼上，一楼是一个通长的客厅，厨房就在客厅的一角，与客厅并无间隔。厨房里的炊具与国内无异，连菜刀都是中国式的，只是整齐排列的调料瓶很是扎眼。

见我好奇，他说，这点儿调料瓶算什么？我见过欧洲人的厨房，光调料瓶就有几十个，还有量匙、量杯、天平，计时要用闹钟。我不禁哈哈大笑，这哪是做饭，简直是在实验室做实验！

美国人似乎没这么精细，不过辛辛那提人以德国后裔为主，认真刻板不可小觑。超市卖的食品袋上蛋白质、脂肪、氨基酸、糖的含量标得一清二楚，产生多少大卡的热量也有精确数据。

想想国内，就算最高级的饭店，调料不过葱姜蒜、花椒大料、酱油、醋、盐、料酒、味精……怎么算也算不出几十种。炒菜时，大师傅的勺子就是天平，火候就是闹钟，这才叫技术，靠仪表还敢在江湖上混？

饭后我们在一起闲聊，还是这个话题，美国人做什么事都得折合成数字，甚至连美女的相貌也可以量化。比如脸庞的几何形状，长度与宽度，五官所居坐标，眼裂大小，鼻子的宽度与高度，嘴的长度，还有对称性等等，都有数据可查。与此相似的还有法律，美国的法律非常之细，细如发丝，他们不习惯模糊，不喜欢弹性，不给操作者留有随心所欲、掺杂人为因素的空间，他们喜欢统一标准，越透明越好，越确定越好，最好能拿秤称，用尺量，否则就会无所适从。

他说起自己的工作，那可是较真得很，美国人的量化观念可见一斑。

他所在的公司负责新药上市的前期准备工作。新药上市在美国需要四个阶段：先在实验室里研究，在兔子老鼠身上做实验，然后才能在人体上研究，这是第一阶段；第二阶段是看药物对人有没有危害，乃至危及生命。如果没有危害，要看有没有药效，能不能减轻病症；他所在的公司做的是第三个阶段，在几千个病人身上收集实验数据并进行分析。实验的步骤是同时给病人两种药，一种是真药，另一种是安慰剂，用来做对比，病人不知道，发药的人也不知道，只有他们公司的人知道。用这种药的人定期到实验室抽血、看结果、看参数如何。数据收集上来后，进行分析，分析药对人有无作用，作用如何，安慰剂有无作用，最后写出报告，上报到食品药品监督管理局。第四个阶段，是长期跟踪，观察药物有没有副作用，这个时间比较漫长。

美国医药管理非常严格，每种新药从研制到临床使用一般要投资几十亿美元，历经 10 年才能进入市场。每一种药研制出来后，国家的政策是保护 10 年，在此期间，别的药厂绝对不允许生产同类型药品，这就是知识产权保护，否则对开发商是个打击，不会有人再投入大量资金开发新药了。

这个学生真正领教了医药行业的严肃性，他们实验所获得的数据要经过层层签字、上报，这些原始数据具有权威性和法律效力。你尽可以根据数据得出各种结论，但对原始数据，任何人也无权更动。

我有一位颇有名望的中医朋友，他十分热爱自己的职业，你可以对他的医术说三道四，但千万不要说半句贬损中医的话，因为这会很伤感情的。他曾去美国进行过学术交流，对中医在美国的现状有深入了解，并写出了一份调查报告。他的态度是实事求是的，并没有迎合国民的虚荣心理。美国是一个文化习俗与中国差距巨大的国度，中医在美国并不像有些文章中吹得那么壮观。在美国，针灸与中医药学是互为分割的。在美国人的观念中针灸就是中医，中药饮片和部分中成药，只能列为营养性食品在副食

品商店出售，是不能作为药物进入药店的。让美国人接受汤药恐怕更难。

西医治病讲共性，常规治疗，比如暴发流感，治疗药物或青霉素或其他抗生素，流水作业，千篇一律；但中医讲个性，讲辨证，同样是感冒，春天夏天不一样。南方北方不一样，男人女人不一样，老人青年不一样，体质强弱不一样，中医是医学家，也是哲学家，所用中药配伍与剂量必须考虑各种因素，灵活机动，同一个病人，10位中医可能开出10个药方。

我不禁慨然长叹：中医是中国的瑰宝和国粹，在长达几千年的临床实践中证明，疗效确实，特别是对慢性病和疑难杂症治疗更有奇效，是中国人对世界医学的重大贡献，这是毋庸置疑的。中医在东方，在日本和韩国，有着巨大的影响力，甚至超过中国本土，这大概是与汉文化相似的缘故。但在美国，既没有产生中医（主要指中草药）的土壤，也没有中医存在的环境。因为他们会对中草药中的化学成分、含量刨根问底。

量化观念是美国人重要的思维方式。

串门儿的学问

相声表演艺术家杨少华有这么一段逸闻：一次没有通报即上门拜访侯宝林大师。只听侯夫人在里边说：侯先生定时吃饭，定时睡觉，定时会客，定时……杨少华马上搭茬儿：有定时炸弹没有？只听侯公子跃文应声喊了一嗓子：好包袱！

这是艺术家的幽默。

一位黑龙江垦区的老文学编辑去北京看望已经大红大紫的知青作家，人家接待不可谓不热情，但书桌上立块牌子，让他一眼瞅到了，上书：会客不超过15分钟，心情陡然大坏，三言两语就起身告辞。回来后，一直愤愤不平：想当初让我看稿子时……结论是人一阔脸就变。

我当时也在编辑部，听说后心里也不舒服，后来发生在我身上的一件事让我理解了那位作家。

那是个星期天，我正在为一家刊物赶稿子，上午10点多钟，门铃响了，来人自报家门，是一个非常陌生的名字，来者觉出了我的迟疑，说：这么快就把老朋友忘了？咱们一起打过吊瓶！噢，是一个月前感冒住院时认识的。

我心里暗暗叫苦，但怕担上"病一好脸就变"的骂名，只好把电子楼门打开。

让座，沏茶，寒暄，过后就只有枯坐了，因为当时胳膊上都插着针头，有共同语言，现在除了吊瓶以外，真找不着别的话题了。这时爱人已把午饭做好，我邀他一起吃饭。他说，今天礼拜天，我家两顿饭，刚吃过，你们吃你们的，别见外，我在这儿看电视。不知道别人有没有这样的经历，家里有客人却不上桌，这顿饭你怎么咽得下去？草草吃罢饭接着陪客，一直到下午两三点钟，他才离去。

稿子是彻底被耽误了，只好在深夜重新酝酿感情了。

去年在美国待了3个月，我去过许多美国人家里串门，无论是新结识的朋友还是老朋友，无论是中国人还是美国人，串门都不是件简单事，不能拔腿就去，正像前面侯夫人说的要"定时"，要预约，不速之客是不受欢迎的。不能随便邀请或答应谁到家中做客，也不能随便提出去谁家做客，美国人一根筋，说了就要兑现，美国是一个讲契约的国家，他们会把邀请与应邀看成是一种契约，尽管是口头的，也必须遵守。当然美国人也经常说，你很漂亮，你很年轻，你真能干，都是客气话，不承担什么责任，你也不必当真。

那次约好到一个美国人家里见面，我们很顺利找到了她的家，我准备下车，孩子说，离约定时间还有半个小时，迟到当然不礼貌，早到同样不礼貌：可能主人家里有其他客人，可能人家

在收拾房间，或者有什么其他事情。我们就开着车在这个小区里兜圈子，直到差5分钟才回到主人家门口，这时，主人的车子正好驶进车库。看来主人也是非常守时的。

会面时间长短也是事先约定的，说好两个小时，不用主人下逐客令，自己就要主动告退，除非主人挽留。

那次与孩子到超市买菜，一个40多岁的中年人和孩子打招呼，这是个中国人，见了我们很热情，临走时说：欢迎到我家里做客，我们高兴地答应了。原来这是个搞器乐的艺术家，我当时以为不过是句客气话，谁知第二天就打来了电话，是他的爱人，邀我们两天后去她家吃饭。我们应邀前往，看了他们的家居和照片。也许我们年龄更接近一些，谈得很投缘，后来他说，你回国后我会和你联系的。果然在我回国半个月的一天晚上，接到了他打来的电话。

那次在农场举办的中秋晚会上，我约好了采访几个美国人。我在美国探亲，是个闲人，并不缺少时间，关键是看人家的时间，还得看孩子有没有空儿，约定一个很不容易。有一个采访对象打来电话询问：时间过去了半个月，怎么还没有动静？人家主动打来了电话，当然求之不得，很快商定了时间。

不过中间出过一次纰漏，有一次约见一位中国教授，在见面的前一天，孩子再次和教授敲定，谁知教授非常恼火，原来孩子记错了时间，时间已经错过了。但发火归发火，教授还是很爽快地接受了下一次的约定。这件事对孩子触动很大，够记一辈子了。

其实，国内串门的方式也在向这个方向靠拢，人们的生活秩序已经重新洗牌，那种大杂院里推门就进的亲近已经成为历史，而且并不怎么值得留恋，这不是人情寡淡的注解，而是社会发展的必然。每个人都很忙，时间很紧，即使有时间，也未必有心情，私人的空间很重要，要懂得尊重自己，更要尊重别人，不要随意闯入私人领地。预约是起码的礼貌，不请自到的串门儿越来越少。

草坪中的报纸

经常见到住家门前的草坪上有一卷卷的报纸，是胡乱扔在那里的，初看不明白，以为是广告之类。那天好事，拣起一份看了看，上面有铅字打印出来的详细地址，看来不是随便扔在草坪里的，也不是广而告之，是订阅的报纸。美国是这么送报吗？挺有意思。就留心观察，一家家房门紧闭，报纸就在门外扔着，有时一扔好几天，不怕丢，不怕雨浇吗？还好，报纸是用塑料布严密封好的。

孩子说我分析得很正确，这正是辛辛那提送报纸的方式，电视早有报道：一些中学生担任报社的业余邮递员，骑自行车送报，当然是有报酬的。有个高中生挣得了第一份工资，是辛苦钱，风里雨里不容易。爸爸把支票镶进了镜框，留作纪念，只是钱孩子花不成了。

这种现象在国内大概不会发生，高中生正是人生冲刺阶段，不用说送报纸，洗衣服都觉得浪费时间，再说还不会洗。

美国孩子很"皮实"，一次我们去看棒球，和中国留学生关系密切的一对美国夫妇，把孩子也带到了球场，在整场看球过程中，孩子始终在留学生手里，夫妇俩十分放心，聚精会神地在那里看球。这里的孩子性格开朗，谁抱都跟，跟谁都玩。相比之下，国内孩子羞怯多了，家长更是小气，孩子抱出来，谁过去摸摸脸蛋，家长肯定一惊一乍：别摸，孩子会流口水的。让你觉得手欠，很无趣，今后必然会收敛许多。在美国超市里，备有特制的手推车，车的底部有一个幼童乘坐的空间，还有方向盘，当然是假的。大一点儿的孩子进了超市就算放了羊，到处乱跑，手也不闲着，有时也动一动超市的物品，家长不干预，营业员也视而

不见。那次在一个麦当劳店里，一个五六岁的孩子往纸杯里灌番茄酱，因为个儿太矮，踮起脚尖将能够到开关，灌起来很吃力，还洒在外面一些，但大人就坐在桌旁，并不伸手帮忙。那次在小学校门口见到孩子上学，也有家长来送的，书包很大很重，再大再重也得自己背着，家长双手空空，走得悠闲。

是不是美国人亲情淡？当然不是，亲情真挚，中美一理。或许是中国的独生子女政策，两个大人外加4个老人看管一个小孩儿？似乎有些道理，但也不尽然，我觉得深层次的原因还是中美两国人把孩子塑造成什么样的人的理念不同。

中国人看重的是什么？是智力，也就是孩子的学习成绩，一切给学习让路。对于其他能力，比如动手能力，独立生存能力，克服困难能力，开拓创新能力，组织筹划能力，判断决策能力，团队精神等等并不看重。学习至高无上，其他能力无关紧要，或者认为学习好了，其他自然就会好了。

和众多留学生交往中得知，在美国，考试不能说不重要，但重要程度很有限，上面提到的哪一项能力都比念书本身重要。这一点对我观念的冲击是颠覆性的。

这些能力并非与生俱来，后天培养占更大比重。这也可以解释这种不太正常的现象，在小学、初中、高中，中国学生的水平举世公认，在国际奥林匹克竞赛中得到了验证；但到了大学，尤其是研究生阶段，问题逐渐显露。一位中国教授说，中国学生做实验时，教授要把任务分解得很细，否则学生无法完成。美国学生在做具体工作时，也许能力和耐心比不上中国人，但宏观把握却胜一筹，综合素质起了关键作用。

国内家长，包括我在内，喜欢好孩子，乖孩子。殊不知这个理念教育出来的孩子，在家听家长的，在学校听老师的，在单位听领导的，轮到自己做决策的时候，比如遇到岔路口，连迈哪条腿都不会了。

那次在洛杉矶机场转机，在候机大厅凳子上休息。正赶上一个航班到站，旅客们从登机口纷纷涌出。这时我看见一幅动人的图景：几个外国人鱼贯而出，一看就是一家人，父母很年轻，三四十岁的样子，还有3个孩子，一个比一个小，大的不过十来岁，小的只有四五岁。从父母开始，每人手里都拖着一个拉杆箱子，箱子一个比一个小，最小的孩子，走路还不大利落，但箱子拖得倒是蛮熟练。这幅图景定格在我头脑之中，很难拂去。

两级台阶的扶手

孩子在美国居住的房屋很古旧，一所三层小楼，结构与中国老式居民楼无异，或三室一厅，或两室一厅，或一室一厅。大学附近的公寓大多如此，只是独门独户者居多，像中国那样的板式楼塔式楼非常少见。

一天早晨在街上散步，楼前台阶两侧的扶手引起了我的注意，这么矮的台阶还要什么扶手？四外看了一遍，才发现，每幢楼前的台阶上都有扶手，哪怕只有两级或者三级，这让我心里一动，继而觉得这些细微之处确实很有人情味。

两级台阶装扶手是不是多此一举？这些扶手当然不是摆设，也不是装饰，相反，这些扶手破坏了楼房整体的和谐，因为两级台阶与扶手太不匹配。我想，这是为那些上了些年纪还有腿脚不太灵便的人预备的，或者虽然年轻力壮但手里提着东西，或背着什么，踏上台阶，会下意识地扶一下扶手。不知是每个房主的自觉行动，还是有关部门的统一规定。那几天，每当我走上台阶，都要抚摸一下扶手，有一种温馨的感觉，虽然我现在并不需要。

在我住所附近，有一个马丁·路德·金公园，是个开放式的公园，没有围墙，没有园门，当然也就不收门票，有的只是成片的森林和草坪。那天在森林和草丛中漫步，忽然发现一处低洼地，是一片平整的草坪，草坪与树林交界处有一个硕大的凉亭式建筑，凉亭的外面有一排排椅子和桌子，还有用做野餐烧烤用的炉子。这种设施在美国很常见，这里盛行野餐，每到周末，是人们亲近大自然的机会，很放松，很惬意，也很有情调。走下这片低洼地，有一个不短的楼梯，旁边照例有扶手，一侧是水泥砌成斜坡的平台，另一侧却宽出许多，而且呈 U 型，我觉得很奇怪，难道是水槽，用它排水？不可能？那么，只能做出这种解释，人们前来野餐，会带好多东西，比如木炭、肉等烧烤用品，还有面包、点心、饮料等食品，全部装在称作"库勒尔"的小冰箱里，分量很重，搬起来十分吃力，有了这个凹槽，这些东西就可以十分顺畅地滑下，无疑，这是一个滑道。这么一想，觉得这个楼梯的设计者很有创意，而且想得很周到。说实在的，仅仅这些烧烤设备、凉亭、桌椅已经令人感动了，滑道的设计更是锦上添花。

辛辛那提大学的教学楼，风格凝重，高高大大，然而这么大的学校竟没有一个大门，没有围墙，连同我在波士顿去过的麻省理工学院和哈佛大学，都是一样的开放。既无大门，也就没有警察或者保安站岗，校园可以随便出入，大楼里也是同样，你在街上走累了，口渴了，可以随便破门而入，楼里有喷泉式饮水器，还有卫生间，备有卫生纸、洗手液、擦手纸。只是楼门厚重，推起来感觉很沉。后来看别人开门有窍门，只要将门口的一个按钮轻轻一拍，两道大门就会自动敞开，仔细一看，这个按钮上画着一个轮椅，这是残疾人的标志，才知这个按钮是为残疾人设计的。

在美国，你会看到，每到一个地方，残疾人都能受到特殊照顾，那次去网球场看辛辛那提网球公开赛。我们到得很晚，转了一圈也没找到停车的地方，但在距球场最近处，我见到还有几个空位，就对孩子说，为什么不停在这儿？孩子让我仔细看，这才见到一个个轮椅的标志，原来，这些最好的位置都是留给残疾人的。孩子说，如果有人胆敢抢占残疾人的位置，处罚将是很重的，而且还会遭到周围人们的谴责。

有一次我在辛辛那提上飞机，在登机口，看见一个 30 多岁的女人趴在地板上，旁边停着一辆轮椅，是个残疾人。旅客开始登机的时候，从登机口里走出一个工作人员，大约40岁模样，直奔这个残疾人，他小心地把残疾人扶上轮椅，然后一步步推进机舱。我常想，残疾人因身有残疾，行动受到各种限制，他们是不幸的，在一个文明的国度里，理应对这些身有缺陷的人给予照顾，才会给他们不太完整的生活中带来一些亮光。在美国，从社会机制上更是从人们的内心深处，对残疾人多了一些同情与关爱，但更充满了尊重。

那天从超市回来，买了一个菠萝，外面有精美的包装，还有示意图。这引起了我的兴趣，很想学一学美国菠萝的吃法。孩子随意翻译了一下：掐头去尾，把皮削掉，厚厚地削，别心疼，以防留有毛刺，再切成四瓣，然后呢？开吃，就这么简单。看罢，我不禁大笑，颇不以为然。很想在孩子面前露一手，我学着国内削菠萝的方法，把菠萝雕刻成一件螺旋状的工艺品，其要点是把藏匿很深的毛刺连根剔除，又不致伤及无辜，造成浪费，只是颇费时间，不如说明书上来得简捷明快。不过这倒让人产生了好多联想，美国人其实活得很粗糙，有些大大咧咧，你看他们那把菜刀就知道了，只能切薯条，要想切土豆丝，还得动用中国菜刀。但美国人也有细腻之处，这是感情方面的，比如无处不在的人性化设施。

到超市退货

美国的超市很大，但管理很松懈，似乎漫不经心，有没有暗藏摄像头我就不知道了。进超市不用存包，哪怕你夹条麻袋进去也没人管，这一点与中国不同。中国超市，有的要存包，有的要把你的包放入特定的口袋里，然后封口。我第一次在美国带着包

进超市很不习惯，很不自在，总觉得瓜田李下，担一分嫌疑，你不嫌我，我还嫌你呢！

在美国买东西很随意，只要看中就买，用不着三思而行，只要觉得不满意，尽可以退货，这样就让你购物时很容易下决心。

那次，孩子买了个汽车内部用的小型吸尘器，使用后觉得吸力太小，而且耗电太高，就决定退掉。当然退货是有时限的，限定在一个月之内。

我看到了退货的全过程。美国的退货与国内区别很大。在国内，你在哪个柜台买的，必须到哪个柜台去退，甚至是在哪个售货员手里买的，必须找哪个售货员去退。有时商店太大，廊腰曼回，曲径通幽，你可能找不着柜台，忘了售货员的长相，只好自认倒霉，谁让你记性不好？就算你找对了地方，找对了人，退货肯定不会比买货容易，售货员态度前后反差很大，商家会拿着放大镜检查你的货物，是否用过，有无损坏，找个理由就会把你拒之门外，不退货的可能性很大，大概很多人都有过这种不愉快的经历，货没退成，还惹了一肚子气。再加上假冒伪劣产品一掺和，买东西必须货比三家，要有火眼金睛，因此攥在手里的钱是很难撒手的。买不到可心的东西，于个人是个损失，对商家的损失就无可估量了。

在辛辛那提的超市，退货处是统一的柜台，是在超市的入门处，最容易找到的地方，无论你买了什么东西，都到统一地方去退，有些比较大的连锁店，退货更方便，你在 A 州买的商品，可以在 B 州退货。退货过程非常简单，退货员连包装都不打开，只用扫描器扫一下发票，二话不说，立马退钱、划卡，至于退货原因是从来不问的。在我看来，这种退货处的设置根本就没有检验售出商品的打算，因为再全能的人，也不会对各种商品完全内行，更不会对商品的破损程度做出鉴定。

至于退回的货物商家怎么处置，我不得而知，听说是减价处理，我曾在超市货架上看到过某种商品，价格低得离谱，大概就是退回的商品。我问过孩子，退货时为什么不检查一下，起码破损的程度要看一看吧？为什么不问一下退货的原因？如果有人存心占商家的便宜，白用白穿，怎么办？孩子说，没有那么多如果，如果只有一个，就是如果哪个商家给顾客退货制造障碍，那么顾客就会去退货方便的商店买东西，这就是竞争。最近他有个同学曾到一个很小的商店退货，商家虽然最终还是退了货，但反复盘查使这位同学非常反感，所以他再也不去这家小店购物，而且他周围的同学也不会去光顾一次，我想这个商店的损失是显而易见的。

其实以上说的只是一面理，美国商家之所以如此大度，是基于顾客的整体素质，这一点绝对不可忽视。我曾看见一个留学生买了件上衣，袖子明显太长，但他不小心把衣服弄脏了，再也不好意思去退货，虽然他明知道商家肯定不会刁难。因此一般来说顾客不会无理取闹，更不会存心占商家的便宜，或者说从小就没有培养这种意识。当然客观原因也是有的，比如超市很远，退件不值钱的东西还不够油钱，再说每个人的时间非常宝贵，除非万不得已，是不会选择退货的。

这里我不得不举一个比较极端的例子，是哈尔滨的事。那年某家商店做出这样的承诺，一个月之内退货，不问理由，于是有位女士从入冬开始，就去买裘皮大衣，一个月退一次，三四个月退了三四次，直到春暖花开，不光白穿，而且总是穿新的，穿好的。

又比如某药店做出承诺，算错一分钱，赔偿两万元，但有一次开出的票据少算了顾客的钱，而不是多算，确属无意，这位顾客照样去索赔，而且气壮如牛，商家觉得委屈，只好打官司，终因条款不清，商家只好受罚。当然最可怜的是开票的，个个心惊胆战，最后这条承诺就悄悄地撤销了。

生活中有很多令人不快的事情确实令人反感，我们也想学习一些国家的先进经验，但不可原样照搬，不可急于求成，要看国民的整体素质。

1 比 8 的阴影

在美国探亲时和孩子上街买菜，来到了一家蔬菜超市。

超市非常之大，在国内我从未见过这么大的专营蔬菜的超市，从门外停车场就可以看出超市的规模，至少有足球场那么大，车停得非常密集，想找一个泊位都不容易。停车场到处悬挂着茄子、辣椒、西红柿和其他各种蔬菜的图案，还有小熊、猴子之类的吉祥物，喜庆又热闹。一进超市，蔬菜品种之多、之全令我大开眼界，几乎囊括国内四季所有的蔬菜，西红柿、茄子、青椒、菜花、白菜等大路菜应有尽有。还有一些似曾相识，或形状相似，颜色个头却不一样。更有一些根本叫不出名、稀奇古怪、平生第一次见到的蔬菜。货架上的蔬菜非常洁净，看来经过了清理和清洗，有的还在不断地往上淋水，保持新鲜，当然也增加了不少重量。蔬菜超市还兼卖水果，苹果就有中国常见的美国蛇果，在这里可是最不起眼的大路货，卖得最便宜。每家超市门口都摆着花花绿绿的印刷品，类似我国的地摊小报，这是当天打折商品的信息，标明价格，非常醒目，不可不看。比如那天西红柿、西瓜就是打折的，价格只及平时的一半。

我和老伴儿最关心的还是价格。蔬菜的重量标准是磅，大约折合 0.9 市斤。其标价如果不管美元还是人民币，光看数量，与国内相差不多，比如青椒 0.79，茄子 0.99。还有论个儿卖的，西瓜 2.99 一个，既然论个卖，首选是大，其次再看成熟度。那天买回的西瓜竟有 45 磅，折合 40 斤，在中国已经很少见到了。折算成人民币不过 24 块钱，6 毛钱 1 斤，说得过去了。

美国的食品到底贵不贵？据孩子说，他每月花在吃饭上的钱为 120 美元左右，还不到奖学金的十分之一，"恩格尔系数"（食品消费占总消费比例）相当低，远低于中国。然而把 120 美元折合成人民币，也就是说每人每月光吃饭就要花掉上千元，简直是个天价。

怎么回事，人在美国，却总是想着人民币？

在美国的留学生，为了区别人民币与美元，把人民币称为"块"，与国内保持一致，而美元称为"刀"，100 美元就是 100 刀，我一听就乐了，这很形象，宰人的意思，美元确实厉害！后来才知道，美元的写法是 $，与人民币的 ¥ 是一个概念，而 $ 的英语读音为"刀乐尔"，简称刀，这才明白我理解错了。不过还是心存疑惑，这个刀为什么不翻译成道，到或是导？只译成刀？分明还是那个意思嘛！我和老伴儿的思维方式可称作英雄所见略同，每看到一个标价，必定口中念念有词，先做一遍乘法，乘以 8，折合成人民币，然后再与国内同类商品相比，以此判定物价的高低，我惊奇地发现，这里的蔬菜全是天价，西红柿打折后 0.79 美元一磅，也就是 6.4 块人民币，我从哈尔滨出来时，最好的也不过一块钱一斤呵！美元，刀也！厉害！如此折算，就非常非常舍不得花钱，转悠半天一个子儿也花不出去。按理说，入乡应该随俗，可这个俗却很难随起来。

比值 1 比 8，这个概念对于刚刚踏上美国土地的中国大陆人可谓刻骨铭心。那次随一个团到美国东部旅游，团里的成员大半是国内探亲的老人。途中吃饭，麦当劳店不过 5 美元，中国餐馆的自助餐是 12 美元，虽不算便宜，尚可接受，但在波士顿的西餐馆，最简陋的也得二三十美元，还不算小费和税，对于过惯节俭日子的大陆人，实在难以承受。一顿快餐，凭什么敛走我二三百块人民币？真可谓身在美国，心系祖国，念念不忘的还是这个 1 比 8。

其实 1 比 8 的折算说穿了还是个参照物的问题，总得有个标准吧，你刚到美国，参照物只能是中国，否则怎么对比？类似的事情不少，一看钟点，总好想想国内应该是几点几分，人们是在睡觉还是上班；上高速公路，路标上标记的距离是迈，也就是英里，你就要算算该有多少公里；到加油站加油，是按加仑算账的，你不想好折合多少公升，肯定无法衡量它的价格。

那次，一个刚从新马泰旅游回来的朋友对我说，新马泰风光不错，就是物价太贵，买哪样东西都得乘一个折合系数，贵得惊人，如果咱们的工资也有这个折合系数就好了。花钱非常仔细，旅游回来还得过日子呢！但一入国门，刚踏上广州土地，觉得什么东西都便宜，有一种购物冲动，花了不少冤枉钱，全是这种折算闹的。

就此问题，我曾与留学生们探讨，他们说刚来的时候也是这种思维方式，现在非常坦然，早已习惯了美国的价格，倒不是因为有钱。谁都希望买到物美价廉的商品，都会货比三家，只是参照物不同而已，他们只会拿一种商品与另一种商品对比，只会与上次以至上上次对比，或者这家超市与另一家超市对比，而绝不会与国内对比，国内的信息离他们太远了，而且没有任何参考价值。

人民币对美元的汇率成为当前一大热点，是升是降，专家各执一词，我想大多数国人与我一样，对汇率也是一脑袋糨糊。老百姓关起门来过自己的日子，汇率的高低与我何干！但当出国留学已成为一种社会时尚，汇率也就成为一个绕不过去的话题，那么，越来越多的家庭将会长时间地笼罩在 1 比 14，1 比 8 之类的阴影之下。

密如蛛网的电线

在美国的城市，尤其是比较老的城市，到处是密如蛛网的电线，堪称城市一景。

到了美国自然要拍些照片，看到有特色的建筑就非常感兴趣，打开相机，却被那些横七竖八的电线阻挡分割，绕不开躲不开，总是找不着角度，拍出的照片也是大煞风景。

这让我想起了去年发生的美国大停电，好像是两次，在风声鹤唳的美国，很容易让人想到恐怖分子所为，但拉登们似乎没有这么大的神力，最后弄清，还是美国电力设备老化。

我在美国做过一次短暂的旅行，在纽约、波士顿这样现代化的大都市，同样可以看到天空上缠绕着乱纷纷的电线，这些电线与那些堂皇的建筑，洁净的环境极不相称。更令人想象不到是，这条街上，水泥电柱并不多，大多仍是国内已经罕见的"油炸"木线杆，黑乎乎，油腻腻。那天，在街上闲逛，看见乌黑的电线杆上似乎有许多蚂蚁在爬，难道油炸过的电线杆还招蚂蚁？这时，过来一个人，用钉书器咔的一声在线杆上钉上一份广告，我明白了，原来那状如蚂蚁的东西是书钉，国内水泥柱上的广告只好用胶水贴上去，真是因地制宜，各村有各村的高招儿。

其实在北京、在哈尔滨，以及中国大大小小的城市，这种电线缠绕的地方已经不多，而且不断地被改造，电线移到了地下，还一个开朗完整的天空。

要说美国这么富有的国家，改造线路应该是小菜一碟，比如我所在的辛辛那提市，算不上大城市，但其城市基础建设已经很到位，比如公路、绿化等等，欠账并不多，但至今也没有改成。曾在电视中看过有关报道，说美国富有，那是相对的，美国电线的改造需要为数不少的资金；更重要的是，美国是个民主国家，什么事情都要商量，高压线从谁家穿过，人家不让你过你就过不成，这一点倒不如中国的行政命令来得快，中国城市面貌日新月异，与政令比较畅通有关，领导拍板，事情就能办成，免去了那些繁文缛节。

在美国待的时间长了，逐渐看出了美国并非一个遍地黄金的国家，在辛辛那提市，除了现代化与优雅的一面外，还看到了这个城市的古旧，城市中有许多掩映在树丛之中的别墅群，富丽堂皇，内部装饰也是豪华舒适，但也有比较陈旧的房屋，比如学校

附近留学生居住的房屋，还有在市中心有些楼房甚至破破烂烂。美国的高速公路非常发达，许多高速公路穿城而过，但多数路面已经泛白，还有的已经开裂，不如我们的高速公路那么崭新光鲜。不过公路虽旧，并不影响使用，质量和功能还是一流的，高速行驶的车辆非常平稳，不会有任何颠簸。

美国科技确实发达，这是总体而言，但就某一个局部，并不比中国先进，反而更落后。比如，在国内一风吹过的录放机，现在已经成了古董，早就退居二线了，取而代之的是 VCD，时髦一点儿的是 DVD。但在辛辛那提市，至今还在使用录放机，录放机仍然是家庭必备的电器，而且超市仍然在出售大量的录像带。这里根本没有 VCD，使用 DVD 的家庭倒是不少，与录放机平分天下。

辛辛那提大学的图书馆以及一些公用机房，配备的计算机是奔四的芯片，17 或 19 寸的液晶显示器，还有无处不在的无线网，配置非常先进。但我看到系里为学生配备的计算机却并不先进，还是那种普通的显示器，我想，这个系不是计算机专业，微机能使够用即可，并不追求最新配置。然而，出乎我意料的是，这里 U 盘使用率并不高，ZIP 盘却在这里大行其道。在国内我只在商店中见过 ZIP 盘，ZIP 驱动器根本就没看见过，对于 ZIP 盘的了解，只是在杂志上看过介绍，容量大，但价格不菲。在中国，ZIP 盘就像流星一样，一闪即逝，很快就被 U 盘所取代。U 盘小巧玲珑，刚出现时价格很高，容量小，一时少有人问津，但时间不长，U 盘价格一路下跌，容量却是有增无减，128M、256M、512M、1G，越来越大的海量 U 盘相继问世，现在，无论从价格、容量，还是方便程度看，U 盘优势非常明显，谁还有耐性去使用又大又笨，而且必须有驱动器的 ZIP 盘？但在美国，不但在用，而且是标准配置。既然配上了，就不能轻易取消，只能拒绝 U 盘，在这所大学里，U 盘显然不如在国内使用普遍。与此类似的还有中国已经逐渐普及的电磁炉，我在这个城市里却从来没有见过一个，仍然使用老式的电阻丝电炉，这是一般家庭，甚至是刚组建的家庭的标准配置。

当代科学技术更新的速度太快了，一个新技术刚刚诞生，就被更新的技术所取代。中国属于发展中国家，科技相对落后，但落后有时也有好处，有一个等待时间，等到技术成熟后才予引进，这样就略过了几代过渡产品。这就是常说的跳跃式进步。

老牌资本主义国家英国，在世界现代化大潮流中逐渐落伍，最终被淘汰出局，原因之一就是因为发展比较早，新技术出现后，设备更新与否一直处在彷徨之中，终因成本太高而放弃，只有沿用旧技术，久而久之，影响了发展，被淘汰应是意料之中的事。

入　关

从哈尔滨起飞，在空中飞行 10 多个小时以后，飞机降落在洛杉矶机场。

洛杉矶是美国第二大城市，是"天使之城"的意思。

一下飞机，脑袋一下子就大了——机场太大了，往哪儿走？有人说，跟着人流走就行了，不行，人流有好几拨儿，有美国公民、有持绿卡者，还有留学生和短期入境者，究竟跟着谁走？还是跟着那个中科大女孩子走吧！前面有一大片入口，究竟入哪一个？入错了可不是闹着玩的。机场上人来人往，服务人员特别多，有白人、黑人、南美人、亚洲人，其中不乏华人。还有腰里别着枪、报话机、警棍的警察，一个个神色匆匆。一个三四十岁的男子，操一口流利的普通话，像是大陆北方人，衣服上还别个牌，应是机场工作人员，走到我们跟前和中科大的女孩子搭讪，没话找话，一看就是看见女孩子话多的那种人。这时，一个上了年纪的工作人员过来了，检查了每个人的材料，单独把我挑了出来，说了不少话，我不明就里，还是那个科大的学生告诉我，说是没有填报关单，我只好走到旁边一个柜台，要了报关单。还是让这个学生帮我填好。

一会就轮到了我签证，签证官不像白人，也不像黑人，更不像亚洲人，很粗壮，唇上留着一撮黑胡，下巴上胡子也很浓，嘴里似乎总在嘀咕什么，我把孩子写好的信递了过去，他看了一会儿乐了，乐得我直发毛，然后拿着信走到对过的女签证官边，给她看材料，那个女签证官也乐了，我更加发毛。后来男人回来，让我按手印，嫌我按得不好，纠正了几次，然后就盖了章，把I94表钉在了护照上。我不知道他给我签了多长时间，问那个留学生，说是给了半年时间，这倒大出我的意料之外。签的时间长总比短要好，只是至今也不明白两位签证官为什么发笑。

然后就是取行李，两个大轮盘在转，上面全是大箱子。没费劲，找到了自己的3件行李。但我们不知行李该怎么处置，因为来的时候告诉我们行李可以直接运到辛辛那提。但机上有个人说不管直达与否，都要先取出来，因为到洛杉矶是入关。正在游移不定时，又遇到了那个科大女孩子，她与一个男孩子同行，但他们也不清楚我的事情该怎么办。我们只好自己推着行李往外走，快到门口的时候，一个岁数不小的男子把我拦住，指了指箱子上的锁，我的心凉了，知道遇上麻烦了，开箱检查真够我喝一壶的，因为装箱时费尽心机，折腾一天才装好，我真担心打开后还能不能装回去。但这是没有办法的事，只好打开，同时打开了打包带。这时又过来一个中国人，与我同样的命运，也正在开锁。我忽然想起网上最近说，行李不准上锁，是不是只是因为锁的事？让他问了一下，果然，试着把行李交了过去，这回那个工作人员没说什么，收下了行李。

那个中国人不想把行李送进去，还动员我把行李要回来，重新托运，我觉得有道理，箱子放在自己手里放心呵。但工作人员说已经送走了，我非常担心，不知他把行李弄到哪里去了，而且没上锁，没加打包带。谁知过了一会儿，他又把我的行李拿出来了。

　　我和那个刚结识的同胞问明白到哪里托运行李，就推着行李走了。出了大厅，走在街上，洛杉矶的天气不算太热，但也不凉快。我们转了半天，才到了五号候机厅，把行李推了进去。这时已经是 2∶20 了，突然想起登机时间是在 3∶05，只剩下 40 分钟，一上火又是一身汗，那个中国人说，早着呢，我一想，又错了，这已经是第二次犯同样错误了。其实此时只有 11∶20。我们东一头西一头地撞，这位朋友有 40 岁模样，胖乎乎的，是到美国参加短期培训，培训什么没有多问，他的英语也是二把刀，与美国人交流，似懂非懂，而且脸小，磨不开面子。托运行李，找了几个地方都不对，这位朋友有点儿着急，他登机时间比我们早两个小时，于是他说只好自己先走了。让我们等他一会儿，托运完行李就回来找我们。我们又用打包带重新捆了一遍，才发现有一个打包带已经坏了，伪劣产品真坑人啊。

　　这位朋友很讲信用，帮人帮到底，一会儿就过来了，把我们领到了一个柜台前，一个女工作人员给我们换了登机牌还有座号，又把我们领到一个地方，交给下一班人。美国工作人员很严谨，一是一二是二，而且态度不错，他们不会把你推出不管，而是耐心地领着你，把你交到下一班。在安检处，一个男人向我发问，我摇头，于是他指着图上的胶卷，我摇了摇头，然后又指着一支枪，我连忙摆手。他就把行李扔到传送带上，又说了几句话，我还是不懂，他不再说话，把我领到了另一个地方，是传送带的另一端，指了指脚下，我知道，这是让我等着。我琢磨，问枪的事，不难理解，可能是指有没有军火之类危险品，但胶卷是为什么？是易燃品？好像不是，后来才明白，过安检时有 X 光，胶卷会曝光。不一会儿，看见 3 件行李都下来了。我有些放心了，可这时一个安检人员突然把我的一件行李拿到桌子上，指了指锁，我明白了，这是要钥匙。我看他打箱子非常费劲，就走过去，想帮他打开，他却指着一个地方，说了几句话，我不懂，他走出来，把我领到原来的地方。这时那位朋友也过来了，告诉

我，安检人员检查的时候，不许本人靠近。

安检人员戴上了白手套，打开打包带，再把箱子打开，一样一样翻看，我暗暗叫苦，担心把东西弄乱，但此时无能为力，只好听天由命了。翻了个底朝天，好半天才检查完毕，他把箱子关好，上锁，打包，然后把钥匙交给我，把箱子哐的一声扔到了传送带上，多亏箱子质量不错，否则非散架不可。

没有了行李，我们轻松多了，和那个朋友道了别，也道了谢，没有他的帮忙，我真不知道能不能把行李托运出去。很快就找到了登机口，这时才想起了给儿子打电话。孩子教给我打电话的方式是对方付款电话，但打了几次都不对，提示音总是英语，根本听不懂。投币电话怎么打，儿子也教过，还寄来了不少硬币，只是我没有记清。但大厅里只有投币电话，想找中国人问一下，刚才还到处见到中国人，现在想用的时候，一个也没有了。好不容易碰到华人模样的，问了一下，却摇头，似不是中国人。又碰到3个老年妇女，一问，真不错，懂汉语，我把要打电话的事说了一遍，又把硬币拿出来，请教投币电话的用法，其中一个就把手机拿了出来，替我拨通了号，挺顺利，一下子就通了。孩子第一句话就说，为什么这时候才打电话，简直急疯了。我来不及解释，电话是借来的，就说签证已办妥，行李已托运完，登机口已找到，有什么事见面再说。挂断电话一问，那几个是台湾人，对她们颇有好感，还是骨肉同胞亲啊。

寻找尘埃

来到辛辛那提后，最大的感觉就是太阳特别亮，天格外蓝，空气透明，洁净无尘，那么尘埃都到哪去了？

灰尘，大概人人厌恶，早晨刚刚擦过的桌面，中午又蒙上一层厚厚的灰尘,弄得连窗户都不敢开。这是我在国内遇到的烦恼!因此人们干脆换上塑钢窗,安上空调,与外界隔绝,让灰尘免进,但也就隔绝了大自然。

在辛辛那提,桌子上、地板上、体育馆的座椅上、公共汽车站的候车椅上,还有路边的台阶上,到处都见不到灰尘。鞋底永远是干净的,记得有个画家朋友到美国,不信这个邪,干脆把鞋脱下来,穿着白袜子,从街头走到街尾,他彻底服气了。白色袜底洁净如初。

来到辛辛那提一个来月,指甲长了,在剪指甲时发现,指甲缝里全是白的,这在国内是不敢想象的,不管你的职业是什么,想保持指甲缝里无尘,恐怕难度很大。

孩子说,他们打网球时,出了汗,就用衣襟擦,除了有些汗渍泛黄外,绝对不会有黑色,衣领也是同样,所以衣服非常好洗。

这个城市不管刮多大风,只听风声不见尘土,绝无沙子抽在脸上的感觉,更不会发生沙尘暴。我一直感到奇怪,究竟老美把尘土都整哪儿去了呢?

你看一看,家家户户,房前屋后,除了树就是草坪,所以我说,灰尘全让草坪吃掉了。

辛辛那提是个山城,到处是坡地,按理说种草并不容易,但你仔细观察,哪怕是巴掌大一块闲地也会植上草。不过你要是以为美国到处是肥田沃土,加上雨水充足,所以草坪自然长得茂盛那就错了,那天,我看见街上有一家人从汽车上卸下一车草炭土,与北大荒的草甸子土一样,铺在房前的坡地上,然后在上面植上新草,并覆盖上麻袋之类的东西遮阳,过了几天,草芽就长出来了。我明白了,家家户户房前屋后的草坪,学校里的草坪,还有山间野外大面积的草坪都不是大自然的恩赐,付出几分劳动才会长出几寸草坪。那两天,我从种草家庭的房前路过,地面上堆积的土让我很讨厌,总是绕着走,但只有两天,土全部被清走了,而且路面还用水仔细冲刷过,道上又恢复了洁净。在这里,

房前屋后的草坪必须自己种植管理，政府是不会出一分钱的，种植草坪是制度，又是习惯，也是一种修养。

每到周末的清晨，你在街上漫步，都会听到嗡嗡的声响，这是人们在修剪草坪，面积小的用手推式剪草机，面积大的就要用机动剪草机了，于是整个城市弥漫着一股浓浓的青草气息，这种气息我只在农场时闻到过，清新而且亲切。为什么修剪草坪？我没有问过其他人，我想草坪的美观在于整洁，正像人需要剪头一样，披头散发总是不雅的，如果草坪如草甸子，长得半人高，而且结了穗、打了籽，不但不美，还会给人一种荒凉之感；而且，经常修剪的草坪长势非常好，越剪越旺，永远那么鲜绿。

自己家的草坪如此，那么公共绿地呢？在辛辛那提市，满眼都是绿色，除了树林就是草坪，而且是大面积的草坪，这些草坪没有天然的，全部都是人工的，在大学校园里，草坪非常整齐，规划得方方正正，整个校园里没有一丝裸露的土地。那次，我看见一个临时建筑刚刚拆掉，当把一切杂物运走后，剩下一大片黄色的土地，这种土质与我国中原的差不太多，我不知道学校拿这片裸露的土地怎么办。中间只隔了一天，我再到学校去看，眼前这么大一片土地已经披上了绿装，一片新草坪魔术般地摆在我的眼前，美国人的效率太神奇了！仔细一看，并不是真正的草坪，而是喷上了一种形如绿草，状如胶絮的物质，将黄土黏在一起，无论刮多大的风都扬不起灰尘，原来如此！也许这是权宜之计，眼下时已深秋，要种草只能等来年开春了，谁知半月后，这片裸露的土地上真的拱出了绿草的嫩芽，在秋风红叶中显出一种勃勃的生气。

我终于找到了桌上无尘的根本原因。

草坪只种不管是长不好的，最重要的还是浇水，我见过居民为草坪浇水，是手工的，从水管中接出一条皮管子，向草坪中喷水，但公共绿地就是机械化了，在学校里，在开始浇水时，隐藏在草坪中的一个个喷头，从草丛中冉冉升起，一股股的水柱冲向高空，并不断转换角度，划出一道道弧线后又缓缓落下，于是天空中出现一道彩虹。有时我会在草坪边上站立很久，看草，看水，看彩虹，是一种享受。

辛辛那提曾经被联合国评为"最适合人类居住的城市"，我想绿色的草坪功不可没。

在我们国内，草坪迅速在城市中出现，只是造价非常昂贵，让草坪全面覆盖城市当然有待于时间，但我们可以做的是培养自己的环保意识，美的环境是人人都需要的吧。虽然目前中国老百姓没有个人种植草坪的条件，但保护公共绿地是不难做到的，多走几步路，不要践踏草坪，让城市中充满绿色。

拂之不去的"911"

本人运气不佳，从没得过意外之财，例如抽奖，末等奖都得不着，所以对彩票之类向无兴趣。

不过在美国乘飞机过安检口的时候，却是屡被抽检，无一次漏网。

那次由哈尔滨出发，在洛杉矶转机，到达安检口的时候，气氛突然凝重，手提箱、背包一律放到传送带上，接受机器扫描；腕上的手表、指上的戒指、兜里的钥匙链，一一摆在托盘里，鞋也要脱下来，赤脚过关。本来排成一队，一进门就变成了两队，一队穿鞋戴表提箱包直奔登机口，我"有幸"进了另一队。

这是第一次被抽检。我们被带到一边等待检查。安检员是个又粗又壮的大汉，高出我一头，走到我面前，做出站直、两手平伸的动作，我知道这是示范，也做出同样姿势。他举着一根警棍之类的东西，好像是探测器，贴着我全身走了一遍，但没有碰到身体。我的手提包也在那里受难，里面的东西一样样翻出，档案袋里的文件也一一亮相，检查手提包的是个女性，缓慢而有耐心。虽然安检员一直面带微笑，态度很友好，有时还开个玩笑，但心情却无论如何也放松不下来。

在检查过程中，我怀疑是不是这张脸犯了忌讳，目光在受检者中间搜寻一遍，并非全是中国人，其中白人、黑人都有，再看幸运那一队，也是什么肤色都有，看来是随机的，并无一定之规，也不存在什么歧视。

后来我和老伴儿在美国国内旅游乘飞机，大约七八次，又是无一例外，均在抽检之列，每被抽检，麻烦不说，精神备受打击，检查一次打击一次，我并没有留着阿拉伯人的大胡子，难道我脸上贴着标签？眼露凶光，鬼头鬼脑，心怀叵测？为什么总是轮到我？

我曾向孩子诉苦，他一听就乐了，说，并非运气不好，实乃抽检率非常高，如果你到机场时间尚早，抽检率几乎是百分之百，这已经不是抽检，而是普检了。

在旅游途中也不轻松。

在费城自由钟纪念馆、纽约帝国大厦、退役的航空母舰，在哈德逊河上登游轮，甚至参观玻璃厂、巧克力厂也无一例外做安检，每次都会翻你个底朝天。这几次不是抽检，而是普检，是无一人能够幸免的。安检员甚至会说中国话，指着托盘高喊：手表，手机，钥匙！其实用不着招呼，我等已是老马识途，无令自行。

回国时，在洛杉矶机场候机，时间正是凌晨，碰上机场安检人员开会，大约 20 多人吧，都穿着制服，领头的讲了半天，其他人洗耳恭听，个个表情严肃。也许是班前的例会，也许是遇到了什么特殊情况。但我知道，安检即使森严如铁桶，但漏洞仍然不小。据《今日美国》报道，"911"袭击后，机场安全检查虽然一再加强，"但因许多设备不够先进，导致约有 70% 的刀具、30% 的枪支以及 60% 的爆炸物依然可以顺利通过安检关口登上飞机"。美国联邦航空管理局前局长也表示，"这个调查结果并非耸人听闻"。国土安全部的秘密警探曾故意携带假武器和假炸弹尝试通过安检，结果得以轻松过关。

我的孩子是在"911"以后去美国的，这些年，稍有风吹草动，比如美国发生校园枪击案、暴风雪、美加大停电，还有留学生遇害、中国人挨打，都会使我们心惊肉跳，都会与恐怖袭击联系起来，总会打个电话，孩子对此茫然不知，令我非常诧异。在得知平安无事后，才会放下心来。

在美国那段时间，在校园，在街上，在球场，真的感觉不到"911"的任何影响。还是那句实话，是福不是祸，是祸躲不过。"911"袭击发生后，美国各部门发生争吵，指责政府对各种消息反应迟钝，我觉得都是马后炮，事后诸葛亮，此前，谁也不会预料到恐怖分子会用客机做炸弹，他们的想象力太丰富了，远远超出人们的意料之外。

我回国时，在辛辛那提登机，在洛杉矶转机，仍然运交华盖，还是没有逃脱抽检的命运。终于回到哈尔滨，安检之旅宣告结束。不过，在打开从美国托运回来的箱子时，竟发现里面有英文纸片，两个箱子里面全有，知道箱子在交给机场后，又被抽检了。

同学给我送外卖

在美国探亲期间，有一天晚上，家里没有开伙，在一个叫红辣椒的中国餐馆定了几个菜。

孩子说，晚饭4点钟送来，知道送菜的是谁吗？是小A。

我问，是前两天到咱家吃比萨饼的小A？

孩子说，没错。

小A和孩子交情不浅，出国留学乘的是一架飞机，后来又做了一年的室友，虽不在一个专业，但过从甚密，我参加过留学生的几次"Party"，常常碰上小Ａ。我说，这不大好吧！

孩子问，怎么啦？

我说，这不是明摆着的事吗？他收不收你的钱，收吧，都是同学，而且常来常往，多不好意思？不收吧，人家这是打工，不收钱吃什么？其实钱还是小事，让同学给你送外卖，为你服务，伺候你，能磨得开这个面子？就算他认了，你就这么心安理得？

一连串的问话，却没有打动孩子，他说，没那么复杂！

正说着，电话铃响了，孩子说，我下楼了，小Ａ送饭来了。

两三分钟，孩子上来了，菜也端上来了。

我问：是小Ａ送的？

孩子说，那还有错。

我问，你给人家钱了？

孩子说，给了。

我问，他收了？

孩子说，收了。

我说，我说的是小费。

孩子说，就是小费。

我问：他还说什么了？

孩子说，他说公务在身，就不上来看伯伯了，祝伯伯身体健康。

我说，真得谢谢人家。

话是这么说，但我心里一直犯嘀咕，这种事在国内就麻烦了，第一反应是赶紧换饭店订餐。如果我是小Ａ，就会要求老板换客户，熟头熟脸，在这种时候碰面，太尴尬了。

据我所知，在这所大学里读书的中国留学生，大部分有奖学金，而且是全额奖学金，包括学费和生活费，不用打一天工，而且略有剩余，开得起二手车。这部分学生是幸运的；另一部分就不那么幸运了，有的是半奖，即只免了学费，生活费靠自己张罗，节省一点儿，一个月五六百美元就够了。如果全自费，那就惨了，生活费可以现挣现花，学费必须一笔交清，一年一交，一万五到两万美元，折合人民币十几万呢，一般中国家庭很难承受，在这所学校里，我还没有看见过一位全自费的中国留学生。在 20 世纪 80 年代和 90 年代初，留学生打工的更多，那时奖学金比现在少得多。这些学生运气好一点儿的在校内找到了工作，但更多的还是到社会上去打工。他们给人家装电脑、送外卖、送报纸，还有的在洗衣店打工，到商店打包装，到餐馆端盘子，其实端盘子不是谁都干得了的活，必须英语好，具备和顾客交流的能力，能得到小费，但英语不过关的只能在厨房里刷盘子了。还有的是老婆或丈夫来美国陪读后，生活开销加大，也需要打工，有时两口子一块去。总之，业余时间打工，虽然不是每个留学生的必经阶段，却是相当普遍的现象。打工累不累，当然累，累得头昏眼花，累得腰酸背疼，打工还挤占了睡眠时间，乃至影响学习，延长毕业时间，打工实出无奈，没有一个学生有打工的瘾。谁都可以不喜欢这份工作，也可以骂老板心肠太黑，但没有一个认为打工丢人！这是所有留学生的共识。打工是正大光明的事，谁在哪个餐馆打工，老婆在哪个超市打包，一小时收入多少，大家都知道得一清二楚，用不着藏着掖着。

我在国内听说留学生打工的事情太多了，看法与国外大相径庭，大多有那么一丝惋惜，一丝同情，一丝幸灾乐祸，甚至是满腔愤怒：放着国内体面工作不干，受洋罪，刷盘子，丢人现眼，而且还把脸丢到国外！在有些人的印象中，好像中国留学生都在刷盘子。

我在美国见过很多留学生，包括一些学有所成、当了教授、很有身份、很富有的人，都不避讳当年打工的经历，虽不情愿，却是满怀深情，当成磨炼自己的机会。有点儿类似知青情结，留学也是插队，是洋插队。

如果认为中国留学生打工是在美国丢中国人的脸，那么美国学生在餐馆刷盘子是丢谁的脸？一个曾在餐馆干了 5 个月的中国留学生说，在餐馆里打工的不光有中国人，美国大学生、高中生也大有人在，有的是家里生活困难（美国人也有困难的？很难理

解），也有的虽不困难，但到一定年龄家里就不管了，美国的孩子很自立。有的中学在学生高三或者高四的时候，课程表只排半天课，另一半时间留给学生打工，学生打工实在是再正常不过的事情。

孩子告诉我小 A 明年就能拿到博士学位，当然送外卖生涯也不会太长了。

哈佛校门上的猪头

最后一站是波士顿，此行无疑是冲着哈佛大学和麻省理工学院两所学校去的。

2004 年盛夏，我们跟随一个华人旅行团赴美国东部观光。成员大多是中国留学生的家长，对美国大学都很熟悉，对这两所世界顶尖级学校更是心仪已久。

为了躲避波士顿行车的高峰，我们从宾馆出发时天刚放亮。在车上，导游问大家，哈佛、麻省是私立大学，费用昂贵，谁知道一年的费用是多少？有说 5 万美元的，有说 6 万美元的，导游说折中一下，就是五六万美元。又说，每年拿得起五六万，就要有纯收入 10 万的实力，这样年薪就要达到 20 万，因为有一半的钱要交税，不要以为美国人个个都是富翁，能够挣得这份薪酬的也是少数。所以念这样大学的，不仅学习优秀，还得是富家子弟。

在美国即使不是一流大学，哪一所大学会让你轻松拿下？按我的孩子所读学校，每年学费与生活费总共要在 3 万美元左右，对中国人是个天价，如果学校不提供奖学金，一般中国人想都不用去想，这笔开销对美国家庭也不轻松。再说美国学生 18 岁以后开始独立，很多家庭不再负担学费，需要自己贷款或者打工挣钱。

声威赫赫的哈佛和麻省不愧是教育的圣殿。清晨的阳光透过浓密的枝间叶隙,照射在青青的草坪中,红砖砌成的楼房上,这种气氛如此特殊,古朴、优雅而又宁静,像我见过的美国其他大学一样,校园既没有围墙也没有正经的校门,与周围街区很自然地融为一体。可惜校名的标记很难寻到,在麻省理工学院,我们好歹在一块新生报到的路标上找到了"MIT"字样,拍了一张照片聊做纪念。

我见到学校里匆匆走过的年轻人,表情沉着而且自信,各个种族,各种肤色的都有,可谓集世界之精华,亚洲人的面孔不时出现,我知道有很多中国学子在这里求学。

在哈佛,我见到了中国人捐赠的乌龟驮石碑的雕塑,还有著名的"哈佛先生"座像,也去触摸一下哈佛先生的鞋尖,那里已被摸得锃亮,据说此举能给泛舟学海的学生带来好运。那幢尖顶瘦高的建筑是授予学位的地方,颇为神圣,哈佛大学学位的含金量举世公认。

在临街一个校门的门楣上刻有一尊猪头,引发了众人的兴趣,纷纷发表高见。猪在中国人心目中形象不佳:好吃懒做,肥胖愚笨,所谓蠢猪是也。从这里进进出出的哈佛学子莫不成了猪头?导游说得深沉:学子如猪,确实如此,不过美国人眼中的猪一点儿不笨,非常聪明。原来如此!他的话轻易把我引向另一条思路,想起了肥猪的另类美德,憨厚、踏实、稳重、执着……

但也有人做出这种假设:如果不是在哈佛,而是在一所末流大学的校门上刻了猪头,人们会做何解释,学生能不能泰然笑纳?

今年7月份在马来西亚发生了一起"猪头事件"。中国游客在马来西亚一家酒店领取餐券时,发现上面画有猪头,认为受到侮辱,于是静坐示威,酒店方如临大敌,出动狼犬,动用手铐,双方对峙,最后还是酒店老板道歉赔款了事。

其实我倒觉得酒店断不敢有意为之,因为这种行为只会断了

自家的财路，生意人重的是生意，顾客是上帝，其他都不重要。可能某个环节出了问题，是交流的偏差还是文化背景的差异？

后来留意有关哈佛猪头的信息，说法不尽相同，还有的说哈佛学子像猪一样谦虚，不与猴子争高低，因为听得多了，无从取舍，也不再较真，只是在记忆中增加了"有此一说"。孩子在我之后去过哈佛大学，对于校门上的猪头，曾请教在这里就读3年的大学同学，竟浑然不知，两人好不容易找到那个侧门，这位同学看了半天才说，谁知道怎么回事！

我倒觉得这个学生的说法更实在，更准确，在一个多元化的社会，猪头可能有某种寓意，也可能什么也没有，只是随机的，猫头、狗头、虎头没有什么区别。还有一种可能，就是设计者开了一个小小的玩笑，根本没有答案，随你评论附会吧！

生活是线，浪漫是珠

辛辛那提的中餐馆，饭后都会有一个有趣的游戏等着你，餐馆老板赠送每人一件小食品，小心地掰开后，里面就会掉出一张小纸条，上面写着各种祝福、吉祥的话，都是英语的，我每次看完，或心花怒放，或会心地一笑，心情不赖。然后再把香脆的小食品一口吃掉。

今天，饭吃完了，纸条业已看毕，孩子仍没有离席之意，似有所待，正疑惑之间，服务生端上一盒蛋糕。孩子问：爸，妈，今天是什么日子，中秋节？已经过完了，十一？还没到，想了半天也没想出特殊在哪儿，是一个很平常的日子，天天都在过啊。孩子没有说话，打开了蛋糕盒，上面竟清晰地印有我们老两口的照片，是新近在华盛顿的国会大厦前拍摄的。现在的科技真是神奇，竟能把照片复制到蛋糕上，以前只是听说，今天才亲眼目睹。见我们还在发愣，孩子说，今天是你们的结婚纪念日。哦！是前几天不经意说出的，我和老伴儿对视了一下，都没有说话。这么多年来，我们很少纪念这个日子，包括生日过得也不多。今天，在异国他乡，在这个安静温馨的小餐馆中，一家人度过了难忘的一天，这让我想起了逝去的悠悠岁月。

记得在孩子读初中时发生这样一件事：

有一天孩子回家后，表情不悦，原来挨了班主任的批评，同学们去医院看望了物理老师。

我很奇怪，难道看望老师错了？

孩子说，是因为我们给老师送了一束鲜花。

我更加不解，甚至有些气愤，买花何错之有？

孩子说，班主任觉得不如买麦乳精、八宝粥实惠。

我沉默了。

这个问题很棘手，仔细想想老师和孩子都是对的，都没有错。关键是看物理老师是个什么类型的人，如果是个浪漫型的，看到学生的鲜花病会好一半；不过这位老师我认识，从她的年龄，气质上看，并不属于这种类型。

孩子从我这里没有得到答案，事情就这么平平淡淡地过去了，后来爷俩再没有提起这件事。

我和老伴儿的生活单调而且平淡，淡得像自来水，我们不会浪漫，只会过日子，两人相称还不忘了带姓，就差加"同志"二字了，我还有我的一些同代人大多如此，真是无药可救了。儿子就是在这种环境中一天天长大，来到美国两年，孩子的性格变了吗？

就在前几天，我们到孩子的师兄家过中秋节，在品尝完国内寄来的月饼之后，我们来到了他家的后院。这是一片宽阔的草坪，远处有一汪池塘。草坪上支起一个硕大的铜盆，通红的火焰在铜盆里噼噼啪啪地燃烧，我们围火而坐，中秋的季节，天气微寒，大家都把手伸向火盆，此情此景让人想起露营的篝火。晚上9点多钟，满月已升到中天，清冷洁白的月辉映照在草坪上，这

时天上忽然响起爆裂的声音，原来每到星期天，俄亥俄河边都会燃放礼花。烤火，看花，赏月，岂不快哉！这对小夫妻在现代化都市中，在自家小院里，点燃篝火待客，实在浪漫。其实篝火的花销并不多，难得的是有这番生活情趣。

美国人生活浪漫，美国的节日更浪漫，感恩节、万圣节、情人节，特别是圣诞节，在白雪皑皑的冬天，街上飘飞的音乐，绚烂的圣诞树，神秘的圣诞老人给孩子送来惊喜的礼物，把人们带进一个充满想象的童话世界。欧美国家，有那么多的狂欢节、斗牛节、西红柿节……惊险奔放刺激，有的近乎胡来，在酣畅淋漓的宣泄中，情绪得到最大程度的释放。中国人过节则很少进入这种狂欢忘我的状态，节日临近，上了岁数的人就会说，该吃什么什么了。本来内涵丰富的节日逐渐简化为·种食文化，只吃月饼不赏月，吃元宵不观灯……

还有一些事绝对不会在中国发生：一对新人穿上潜水衣，在水下举行婚礼；两人乘上热气球，在天上理发；还有扛着老婆赛跑的……前两天在电视中看到挪威有只企鹅被擢升为上校，还享受了检阅英国皇家卫队挪威近卫团的待遇，只见它腆着肚子，神气活现踱着方步，士兵肃立两旁，行注目礼。与此类似，大部分吉尼斯世界纪录在我们眼中几近胡闹，没有任何意义和实用价值。也许是文化的传承，中国人讲的是理性和实际，人过于理性就浪漫不起来了；也许我们有那么多实际问题需要面对，要买房，要评职称，孩子要上重点中学、名牌大学，要求人花钱，人太实际也浪漫不起来；或许我们这辈人的前半生过于贫穷，浪漫是需要经济基础的，浪漫于我们实在是一种奢侈。

其实不然，我周围充满浪漫情调的大有人在。在农场下乡时，知青们的生活同样贫困与沉重，但有个知青特别喜好渔猎生活，经常与"炮手"进山打猎，套兔子、打狍子；和老职工下水泡子打鱼摸虾，每当他在宿舍描述这些生活的时候，我看出知青们眼神中的向往。但真的让他们去做的时候，又会以累、苦、没心情而推托。

我有个邻居收入比我们少得多，但日子过得有滋有味，很应节气，过年放好多鞭炮，端午节自己包粽子，还会半夜起来到松花江对岸踏青，采来一束束湿漉漉的艾蒿分送邻居。他家孩子裤子上的补丁也是整整齐齐，有时还在补丁上绣个图案。

如果说生活是一条线，绵长而悠远，要慢慢地过，细细地品尝，那么浪漫就是这条线串起来的珍珠，生活因珍珠而闪光而多彩，进而有声有色。

确实，生活中缺少不了浪漫，每个人内心都有对浪漫的渴求。浪漫是生活中的亮色，是惊喜，是跳跃，是转折，是有气无力、奄奄一息生活的强心剂。我们不能生活在一个没有梦的生活之中，这样只会乏味、重复、不流动、无波澜，漫长而没有奔头。

然而缺少浪漫的生活可以勉强过下去，总是生活在梦境之中危险就大了，浪漫毕竟是生活的调料，而非主食，再亮的珍珠缺少了线的连缀只会散落满地。

小小联合国

物以类聚，人以群分，不是一句好话，多有贬义。

不过这句话用到留学生身上倒是恰如其分。在美国的留学生来自世界各大洲，各个种族，他们可以在一间屋里上课，一个实验室里做实验，但住在同一个宿舍里倒比较少见。

我的孩子，包括我见过的一些中国留学生，大多与同胞住在一起，合租一套房。

冯琳是个例外。

她向我讲起在美国居住的一些趣事。

冯琳是在 2000 年 9 月份来到辛辛那提的，她和几个学生合租

了一套房子，一共有 5 间卧室，住了 5 个人。按国别是 3 个美国人，1 个中国人，1 个韩国人；按种族划分，两个白种人，1 个黑种人，两个黄种人，是个小联合国；按性别是 3 个女生两个男生；两个白人是读本科的，中国人和韩国人读博士，黑人是读一段时间书，打一段零工，住在阁楼里，房租最便宜。

与美国人朝夕相处语言长进很大，美国人好玩儿，一有时间就领着她们去跳舞、上酒吧，或外出野餐。但也有不舒服之处，这几个本科生年龄小，没有耐心，更没常性，开始语言沟通有困难，只要听不太懂时，就再不跟你搭话了。等一会儿她们无聊了又会主动找你没话找话。那段时间冯琳挺郁闷，怀疑自己的智力有残缺，主要是语言有障碍。

其实中国留学生经过托福与 GRE 考试，英语应该不成问题，在专业、学术领域能谈明白，但密切交流并不容易。比如在政治、民族、文化、文学这些领域充分交流就有难度了。于是美国学生就表现得很不屑，觉得你什么都不懂。这让冯琳很恼火，谁说我不知道，只是语言表达不流畅。有时他们之间也争论一些问题，比如当时中美撞机事件发生，他们各自站在自己国家的立场，争得面红耳赤，在争论过程中，冯琳明显处于下风，不是没理，是没人家语速快，争不过人家，很容易给人留下理屈词穷的错觉。后来冯琳再也不与他们讨论这类大问题了，因为不是三言两语能说明白的，各有各的立场，谁也说不服谁，很难改变对方的观点。

美国学生有一种嗜好，坐在一起聊，干聊，很吵地聊。说笑话，聊新闻、体育，他们喜欢棒球、橄榄球，中国人对此兴趣不大，没共鸣，也不会跟踪这些消息。聊新闻还可以听懂，也能说到一块。但说笑话就有点儿麻烦，有些是宗教典故，有些是歌星轶事，还有肥皂剧，冯琳大部分不知道，问他们，她们也会津津乐道，诲人不倦，冯琳从中也长了不少见识。但总的感觉不是平等交流，对方有些居高临下，自己只有洗耳恭听的份儿。有一段时间，冯琳特别想回国，文化差距太大，她不知道这个城市中有多少中国人，占多大比例，但在这里中国人的比例远远少于一些大城市，能够顺畅交流的人太少了。

不过这种环境对冯琳的语言能力帮助很大，在很短的时间里，说英文不用边想边说了，免去了头脑中的整合过程，也就是初学英语的三段式：与人对话时，先把对方的英语翻成汉语，并想好汉语回答，最后再把汉语译成英语，有了这个翻来覆去的过程，自然语速慢了下来，让对方感到你内存不够，硬盘太小，甚至对你的智商表示怀疑。克服了三段式，语言流畅多了。不过如果思路被突然打断，蹦出来的还是中文。

这让我想起了一件怪事，有人被击伤了头部，后来治愈，神智逐渐清醒，语言能力也恢复了，但只会说家乡土话，普通话一句也想不起来了，这件事听来可笑而不可思议。应该说学习语言最佳时期是在 7 岁以前，成年后学习语言困难大多了，即使交流没有问题，但总给人以不地道、不纯正之感。

都说美国人有教养，这个问题看怎么说。有些生活琐事，比如吃饭出声，当众咳嗽、擤鼻涕、挖鼻孔等等，不是什么大事，但美国人却看得很重，觉得大得了不得，他们会取笑某人当众抠鼻子，吃饭出声等等，表情非常鄙夷，觉得没教养，失身份。在冯琳看来纯属小题大做，他们重的是举止，是形式，是表面，而非深层次的道德或心理问题，从个人角度来看，她不喜欢这种文化。

冯琳的导师是个美国人，教授中有一半也是美国人，还有德国、法国、意大利、加拿大、日本的等等，中国人只有 3 个。研究生也是如此，各国各种族的都有。

冯琳的结论是：和外国学生相处，很难做到亲密无间，但和亚洲学生好得多，那个韩国学生不大爱说话，明年就要毕业，他已经结婚，老婆舍不得丢掉韩国的工作，不愿到美国来，可是他又不想回韩国，在和老婆打电话的时候，老婆在那边哭，他在这边哭，有情有义，与中国人相似。

诚实的老人

一位在美国会计师事务所工作的中国人给我讲了一个真实的故事。

美国税法鼓励个人交纳退休保险金，以备退休之用。个人每年把3000块钱直接存入保险金，这3000元受减税优惠。但到了退休使用这笔钱就要交税了。这位会计师有个老年客户把交税的事忘掉了，没有按时交税，按规定就要受到处罚，而且罚得不轻。在处理这件事的时候，需要写一份书面报告。这位会计师询问老人，没按时交税是否事出有因，比如生病了，出国旅游去了？老人摇了摇头，这些事都没有发生。会计师只好说：你再好好想一想，还有什么理由。第二天，老人主动打来了电话，说，想了一宿，还是没有理由，就是忘记了。按理说，编造一个理由并不难，何况有人提醒，但老人没有，一个理由也没找。这事对这位中国会计师震动很大，真是个诚实的老人。最后她如实向税务局写了报告，说明此人一直按章纳税，从无不良记录，只是因为年纪大，确实忘记了。最后，税务局把老人的罚款免掉了。

美国是个信用社会，每个发达的社会都是信用社会，离开信用，这个社会马上就会陷于瘫痪。信用对人是如此重要，可以说是一个人的第二生命。没有信用（我们称为诚信），你将在社会上很难生存下去，美国的保险号码是唯一的，所以这个记录会伴随你的一生，不可更变。一旦失去信用，后果十分可怕，而且无法挽回。你办不了信用卡，只能用现金支付。不能贷款，自然也就买不了房，买不了车，买不了大件商品，这意味着在社会中无立锥之地。美国人16岁就可以使用信用卡，16岁还是个孩子，有的孩子家庭影响或周围环境不佳，不懂得珍惜自己的信用和名声，出现了恶劣记录，毁了自己一生。

在美国，无论走到哪里，孩子身上几乎不带现金，一卡在手，畅通无阻。那次孩子的信用卡出了点问题，卡上不明不白支出去 300 美元，于是给银行打了个电话，银行在几天之内就把钱补上了。我觉得不可思议。

我问，你打个电话就行了吗？

答曰，当然。

我问，银行为什么要相信你？

答曰，为什么不相信。

我问：他有什么根据。

回答：我打电话就是根据，这已经足够了。这就是信用。反之，如果你欺骗了人家，一旦被识破，你这辈子就算完了。

我国信用制度还属初级阶段，比如现在的信用卡也可以透支，但在电话费上却严重受挫，有些人恶意透支，欠电话费不还，欠多了就把手机扔掉或换个卡，电信局被坑怕了，再不容忍欠费。话费花完，即刻断线，立竿见影，信用制度自行取消。再说做买卖，供货方不见钱不发货，买货方不见货不开支票，互相观望，互相等待，互相考察，怕上当受骗。这样做的结果，只能是提高商业成本，更会坐失商机，一笔双赢的买卖就会泡汤。又比如贷款，欠债还钱，天经地义，然而，恶意贷款屡见不鲜，借债不还，欠债的是大爷，讨债的成了孙子，黄世仁给杨白劳拜年。

一个国家，让经济发展，GDP 增加，产品极大丰富，商场货架上琳琅满目，老百姓富足起来，衣食住行用玩的水平全面提升相对容易一些，但建立一种良好的信用机制，人与人的信任关系却需要更长的时间。

在美国的 3 个月时间里，我逛过超市，也买了不少东西，商品自然有贵贱高低之分，但有一点是明确的，明码实价，花多少钱享受多少服务，假冒伪劣究竟有没有不敢断言，但起码我一次也没有发现。标牌上标明牛皮，绝对不会是人造革，纯棉绝对不会是化纤，即使是打折处理的商品，也绝对是真货，而这一切，都源于信用。假定哪个商家斗胆出格，那么，必将面临灭顶之灾，而且永无翻身之日。也许信用机制真的建立起来，破坏起来也不容易。

那次逛辛辛那提动物园，其中有个恐龙公园，是园中之园，门票不菲，转了一会，看到一个门，上面写着 ONLY EXIT，应是只能做出口之意，换句话就是不能做入口，入口是要买票的。这个牌子表达的意思很含蓄很委婉，而且没有任何人把守。心想立这块牌子的是君子，针对的也只能是君子，小人是防不住的。

躲不开的"中国制造"

每次到外地旅行，总要带些小礼物回来送人，做个纪念，既然做纪念当然要突出地方特色。这次去美国也不例外。美国的礼品很贵，特别是在旅游区，是个东西，不论大小，10 美元算是便宜的。这些东西在国内很难拿得出手，两块钱人民币都不值。不仅如此，你还会遇到意想不到的麻烦，这是多次往返美国、饱经沧桑的人告诉我的，买东西时一定要看好，看仔细，一不留神就会买个中国制造。这样的礼品带回去很令人生疑，人家会做出这种猜测：没准是在国内买来糊弄人的，进而怀疑你的诚意，乃至人品。花了钱还败坏了名誉，不值。

为了避免嫌疑，买东西时多了个心眼儿，看好的东西，先看一看产地，翻过来调过去地找 China，中国产的别买。然而奇怪的是，凡我们看上的东西，基本都是中国制造，屡试不爽，真见鬼了。我和老伴儿曾深入探讨过这个问题，最后得出结论，我们的审美观念已经彻底中国化，这是溶化在血液中的事，很难改变了。后来再买东西时有意调换眼光，但问题并未解决，中国制造仍然如影随形，审美问题并不是主要原因，更重要的是中国制造太多了，无法躲避，你想买非中国制造，难！

中国原驻法大使吴健民先生曾说过这样一件事，有次去美国，一个美国朋友跟他开玩笑说："现在给您送个礼物很难，因为买不到不是中国造的东西。"

回国后在网上看了一篇美国家庭主妇萨拉·班吉奥尔尼写的文章《没有"中国制造"的一年》，作品发表在美国的《基督教箴言报》，文章发表后，不得了，作者一夜成名，在美国和中国影响都很大，仅在中国的百度网站上就有两万多个条目，谷歌网竟有两千多万条。这种结果让作者本人非常吃惊，也受宠若惊。

事情是这样的，这位家庭主妇做了一个试验："圣诞节过后两天，我们把'中国制造'从家里踢了出去。当然，我们并非把这个国家踢出去，我们保留已经拥有的'中国制造'的产品，而是不再购买一些标明'中国制造'的塑料、金属和木制产品。"

作者说："桌子上的电视机，门边的一堆网球鞋，圣诞树上的彩灯，地板上的洋娃娃，屋里随处可见中国制造的产品。我起身离开沙发，迅速进行了一次盘点，把所有的礼物分成了两大类——中国制造的和非中国制造的。最后的统计结果是：中国产品25件，非中国产品14件。我意识到圣诞节已经成了中国人制造的节日。"

于是从这年的1月1日，她家开始了为期一年的抵制中国产品的活动。

这个家庭主妇倒不是对中国有成见，更不是对中国货反感，只是出于好奇，但她的结论是没有中国制造的一年过得一团糟，因为中国货在美国无处不在，美国人对中国制造的依赖已经到了躲不过绕不开的程度。

中央台也为此做了一期节目，最后导播的结论是，美国人没有中国制造会过得一团糟，那么，中国人没有"美国制造"同样会一团糟，比如美国的电脑，美国的波音客机，还有美国的大片。有人称当前的世界为地球村，村里的乡亲不来往是不可

能的。

当然网上还有另外一些看法，比如美国制造大多技术含量很高，值钱，中国则是劳动密集型的低档产品，卖不出价钱。有人慨叹，生产多少件衬衣才能换一架波音飞机？况且有些产品只负责加工，出卖劳动力，并不掌握核心技术，获利不多，比如，中国制造的芭比娃娃在美国卖 20 美元，而中国只能得到 35 美分。更可怕的是中国以牺牲环境为代价，中国成了世界加工厂。

这些看法够深刻！

不过对普通百姓来说，那些都是大道理，离得太远，老百姓讲的还是实惠，对眼前利益更加关心。比如我，在美国买礼品的时候，虽然是在回避中国制造。但如果这个东西不是礼品，而是留给给自己用呢，那完全是另一码事了。我在美国买了一台笔记本电脑，康柏的，上海制造，比国内便宜一两千元，一双耐克旅游鞋，也是中国制造，只有 50 美元，国内怎么也得一两千吧。当然，我看中的不光是价格，还有质量。国内商贩经常扯破嗓子喊：出口转内销！千万别信，蒙人的。出口转内销我的才是正宗。

说到商品质量，我知道美国超市的商品绝对是一分钱一分货，商品档次有高有低，价格相应有贵有贱，但有一点是可以相信的，物有所值，花多少钱，享受多少服务，你大可不必担心假冒伪劣。说是纯棉的，绝无化纤，说是纯皮的，绝不会用人造革冒充。如果哪个商家胆敢造假，那可真"摊上大事"了。美国的顾客是上帝，是爷爷，商家是子民，是孙子，战战兢兢，赔着万分小心做买卖。在美国媒体炒得沸沸扬扬的有这样一件事，有个人到麦当劳店吃快餐，喝咖啡时烫了嘴，于是把商家告上法庭，要求索赔，官司居然赢了。中国人甚觉荒唐，美国社会反应也不尽一致，有不少人替商家打抱不平的，但从此麦当劳店贴出了告示，告知咖啡烫嘴，喝咖啡小心却是真的。有言在先，再出事别怨我了。用过美国药品的人大概都知道，副作用写了一大堆，颇让中国病人困惑，这药吃还是不吃？其实，美国药的副作用并没有写的那么严重，这是在药品投产过程中检测时出现的问题，也许是受试者的偶然、个体反应，但为什么要一一写清，还是怕以后的医药官司。国内没有这么傻的药厂，有这么多毛病的药谁还敢吃，药卖给谁？

被如此挑剔、如此矫情的美国消费者认同、信任、依赖，以至于离开中国制造生活就会一团糟，看来中国商品的质量确实过得硬，获得享誉全世界美名。

由此一种民族自豪感油然升起，中国人了不起，中国人聪明能干，诚信重诺，认真负责，中国制造为国家赢得了世界性的荣誉。

不过，我要问一句，国内的商品怎么了，假冒伪劣怎么会这么多，不信你到商店、超市上随便转上一圈，如果你想打假查假，不要太费力气，也不必太专业，保证不会让你空手而归，想想吧，王海为什么那么大红大紫，大得人心，因为生活中王海太少了，假冒伪劣商品太多了。

毋庸讳言的事实是，国内大到关系国计民生的道路、桥梁、楼房，小到生活日用品，假冒伪劣横行无忌，最可恨，也是最可怕的还是餐桌、菜篮子、药匣子和所谓"进口货"。当我们在电视中、在报纸上、在老百姓的传闻中，以及亲眼所见，地沟油、注水肉、塑料大棚里激素催生的瓜果蔬菜，以及致人死命的婴儿奶粉和假酒，还有用过的注射针头，想起来就让人心惊胆战，提心吊胆，普通百姓的生活已经处于没有设防的危险之中。

这样，我又产生了一层疑惑，中国制造在美国与中国市场上的表现竟然有天壤之差，难道是内外有别，先人后己，把好的卖给人家，次货留给自己，大国风范，国际主义？这种逻辑鬼才会相信。不是说顾客是上帝吗，美国顾客是上帝，中国顾客就不是上帝？世界上难道还有两个上帝不成？

商场上要讲道德，但更讲法律，要按市场规则办事。你拿假货去糊弄外国人，人家不干，商检可不是吃素的，退货、制裁，处罚是严厉的，骗人等于骗己，等于自断生路，等于自掘坟墓。

那么，问题出在什么地方，既是市场经济，商人都有巨大的

利益驱动，都有追求高额利润的趋向，都有在利益的大道上没命狂奔的激情。那么怎样才能在这辆惯性巨大的快车上安装制动装置？靠顾客的维权意识？靠王海式的民间打假？我想这些都是靠不住的，在商家面前，消费者永远都是弱势群体。还是要靠法，靠坚强有力的执法部门和监管部门。国内出现这么多问题，执法部门和监管部门是难辞其咎的。

从美国市场优质的"中国制造"及国内的假冒伪劣来看，聪明的中国人"非不能也"，是"不为也"。不过，随着法制的健全，国人终将享受优质的"中国制造"，让那颗吊着的心放下来。

恢复初始化，自然界的一条法则

每年的 8 月底 9 月初，在美国辛辛那提大学校园周围，留学生集中居住的街道上，都会摆满沙发、木床、桌椅、书籍等杂物，这是留学生们搬家的日子。

孩子在一幢蓝房子里已经住了两年，今年也搬出去了，有的学生每年都要搬一次家。我参加了搬家的全过程。搬家很累，他们雇不起搬家公司，全靠自己卖力气。那一天一共搬了 5 个家，回到家里，孩子话都见少，只是说胳膊"不管事了"，晚上得睡个好觉。就在这时，电话铃响了，同学明天搬家找他帮忙，他痛快地答应了。接着又通知室友，也是一口答应，没说一句废话。我很受感动。

搬家再累，有一件事是躲不过去的，把住过的房子收拾干净。孩子和室友都去了，一共干了两天，第一天把垃圾扫地出门，并用吸尘器把地毯吸净。第二天比较麻烦：收拾厨房，这里家居没有排烟罩，炉台上、墙壁上，甚至地板上，都蒙有一层油垢，要用洗涤剂一点一点地擦。

我曾问过孩子，你觉没觉得这是负担？孩子没有直接回答：咱们搬过来的房子是不是很干净？

是呵，我怎么没想到这一层呢？新搬进的房子干干净净，只需把东西往里搬就是了。上家是孩子的师兄，师兄不是因为搬进来的是师弟而收拾屋子，是规矩。对此，房东是有经济"杠杆"的，拒绝清扫，租房定金是不会退还的。

对这种规矩我琢磨了好半天，如果把规矩变这来，变搬出收拾房子为搬入收拾，如何？也许有人会说，应该是同样的，反正得劳动一次。

我以为两种劳动大不相同。前者应该说是自愿，是文明行为；心情也大不一样，一进屋清清爽爽总比乱糟糟舒服得多吧；还有一个原因，既然将来肯定由自己来收拾局面，破坏性的行为就会有所收敛。还有一点值得注意，你挪动过的冰箱等物品都要放回原处，做到完好如初。

此前我曾和孩子去一个公园野餐。山清水绿，有野鸭和天鹅，景色非常优美，我们在公园里的凉亭下吃了一顿烧烤，美国许多公园都有烧烤的设备，游人把自己带来的木炭倒入炉中，点燃，再把肉饼香肠火腿青苞米放在炉上，烟雾弥漫，香气阵阵。但是酒足饭饱之后，抹抹嘴头走人是万万不可的，要把桌上的垃圾全部收进垃圾箱，更重要的清理烤箱，木炭要从炉膛里取出，还要把烤炉上的油腻擦净，必要时还要用矿泉水洗净。干净到什么程度？恢复到我们到来之前的状态。

我联想到国内的一篇报道，在2002年十一黄金周的7天里，全国各地的游客们在天安门广场上留下了50多万块泡泡糖。市政管理人员花了半个月时间才清理干净。想当初，首都是以一个干净的环境迎接八方来客的，只有7天时间竟糟蹋成这等模样，令人痛心。避免这种事真有那么难吗？

在辛辛那提，天蓝水碧，太阳明亮，树绿草青，空气中从来没有出现过异味。我参加过一个旅游团，从水牛城到波士顿，足有大半天的路程，车窗外满眼绿色，除了田野就是树林，还有掩映树丛之中的小楼，见不到半点裸露的土地，更没有沙化和盐碱化的土地。我在心里惊叹，真是块宝地，连上帝也眷顾这块地方！或许有人会说，美国富，美国人少，但我觉得似乎不仅是这些。

想想那些年，我们过分地强调人定胜天，而且与之奋斗其乐无穷，慢待了生于斯长于斯的家园，招致了大自然无情的报复。水质污染，空气混浊，沙尘暴越来越频繁。残酷的现实使人们清醒一些，我们开始植树造林，退耕还林，恢复沼泽……然而破坏容易，恢复起来谈何容易。有句俗话，天然就是最合理的，人们在把山头剃光后，栽上了树，假定全部成活，绿满山坡，但调节气候的作用远不如以前，因为人工林是单一树种而非多树种。人类作为万物中的一员，绝不能以万物的主宰自居，要学会和大自然和谐相处，人类应当对大自然保持必要的敬畏。

当今，数码化家电已经走入寻常百姓之家，人们买回微机、数码相机后，为使用方便，会对原有的设置做出调整，随着时间的推移，程序越调越乱，就会怀念初始化状态，因为初始化符合大众习惯，是普适标准，也是良好状态。只需按照规定的程序，就可以轻易地恢复初始化状态。

如果自然界有这么个程序就好了，可惜没有！

33颗气球，一起飞向邈远的天际
——美国弗大枪击案的思考

在停课的一周里，学校（弗吉尼亚理工大学）举办了多场悼念活动。令人意外的是，凶手赵承熙和32名遇难者一起被列为悼念的对象。

在20日中午举行的遇难者悼念仪式上，放飞的气球是33个，敲响的丧钟是33声，其中包括32名遇难者和自杀的凶手赵承熙。

次日，33 块半圆的石灰岩悼念碑被安放在校园中心广场的草坪上。其中一块悼念碑上写着"2007 年 4 月 16 日赵承熙"，旁边放着鲜花和蜡烛。

——2007 年 4 月 27 日《中国青年报》

我知悉美国弗吉尼亚理工大学枪击案是在案发的第二天早上，我照例打开新浪网，浏览当天的新闻，我发现赫然置顶的就是这条消息。

我很难形容那一刻的感受，是震惊、惊恐、惊骇，还是惧怕。血淋淋，阴森森，33 条鲜活的生命在那个可怕的瞬间，永远地消逝了。

美国校园里零星的枪声多年来一直没断，已经见怪不怪了。但在最近，枪声变得急骤起来。美国校园枪击案历来绷紧我的心弦，因为我的孩子在美国生活，虽然他在不久前刚刚离开了大学校园。

这是美国历史上最大的校园枪击案，死伤之众，格外让人心惊胆战，但我感觉更可怕的是另一条消息，杀人凶手竟然是中国人。而且内容翔实，此人由中国上海出境，在美国旧金山入境签证。接下来的消息似乎越来越准确，越来越清晰，凶手姓江，赴美持的是 F1 签证。

凶手是中国人很重要么，当然重要，起码我是这么看的。这对中国人在美国的形象，对生活在美国的中国人、华裔，特别是中国留学生，将化作实实在在、重如磐石的压力，也许危险一触即发。在网上我明显地感觉到了种种躁动不安的迹象。

及至中午，网上消息出现了一些微妙的变化，言之凿凿的中国凶手变成了模糊的亚裔，这让人感到有一种暗流在弥漫、扩散，扑朔迷离的命案更加云谲波诡。

这时我国政府及时做出了姿态，外长李肇星向美国国务卿发出了慰问电，外交部发言人在回答记者有关凶手是否为中国人的敏感提问时，做出了模棱两可的回答：我们已经注意到了有关报道。据了解，真实情况尚在调查之中。

种种猜测出现在网上，但一直没有明确答案，我是怀着巨大的问号在深夜入睡的。第二天起床的第一件事，仍是打开电脑，我要探究一下问题的答案。案情似乎没有多大进展，最多的还是猜测。大约是在 9 点，或是 10 点的时候吧，我知道了确切的消息，凶手是韩裔，名字叫赵承熙。

至此，我心里的一块石头才算落了地，我的思想变化过程应该很有代表性，因为我在网上看到的帖子大多表达了这种情绪。

接下来，在中国人的心弦开始松弛下来的时候，轮到韩国人上火了。总统卢武铉马上紧急召开内阁成员会议，四次向遇难者表示道歉，慰问。韩国驻美国大使李泰植甚至提议绝食 32 天，以此分担遇难家属和美国社会的悲痛。

接着，我在网上看到了许多捕风捉影的消息，比如韩国学生不敢上学，不少韩裔已经逃离了这所大学所在城市布莱克斯堡。

然而更多的国人担心，这次事件殃及的可能不只是韩国人，还有可能是亚裔，因为连中国人都很难从相貌上区分中国人与韩国人，更何况是美国人了。

时间在巨大的悲痛与不安中一天天度过。然而，事件的发展并没有像人们预料的那样，美国大学里所做的事情只是用烛光来悼念死者，学校是平静的，城市也是平静的，没有发生针对任何族裔的暴力袭击事件。当我看到连同凶手一起悼念的消息时，我的心灵受到了巨大震撼，震撼之余，我感到了这个国家的内涵深不可测。

一、种族，被逐渐淡化

我曾在美国做过短暂的居留，刚到美国的时候，碰到听到的都是凡人小事，比如有人交通肇事，有人舍己救人，有人考试做弊，或是某人得什么奖了，我的第一反应就是这个人是哪个种族的，是白人、黑人、黄种人；亚裔、拉美裔，还是阿拉伯裔。终于有一次儿子不耐烦了，爸爸，您已经是第十次问这个问题了，谁知道是哪个种族的？有那么重要吗？人家也没报，美国的种族多了去了，谁老记得这种事情？

孩子的抢白让我突然一愣，难道是我陷入某一个误区而不知？我承认，我很在意这种事情，关注成了一种癖好，甚至病态。种族归属于我来说很关键、很重要，为什么会有这种奇怪的思维？深层次原因还是想根据这些负面的或者正面的消息，探究一下美国的种族问题，直说吧，美国是否存在种族歧视，这可是在我头脑里深深地安了家呀！

随着日子一天天过去，种族，这种深刻的烙印在我头脑中逐渐消退、淡化。在这座城市，我经常出去散步，随时随地都会见到各种肤色的人向我走来，如果只有两个人，而且目光相遇，对方总是主动举手致意，说一声 Hi，或者 Hallo，一开始很不习惯，时间长了，就主动打招呼了。

我经常背着笔记本电脑到学校的阅览室上网，因为那里安静，而且有免费的无线网络。在这间不算大的屋子里，仅有的十来个人，各种肤色的人可能都会聚齐，这让我十分吃惊，他们都是那么静静地看书，相安无事。有一次我打量室中的每一个人，目光从一个人的身上再移到另一个人的身上，有一个姑娘正好与我目光相对，她含笑向我点头，我也马上还以微笑。心里却在思忖，她知道我在想些什么吗？这些学生彼此见面的时候，脑子里会反应出白人或者黑人吗？

在采访一个华人教授的时候，他的话给我留下了深刻印象。美国社会是一个大熔炉，可以熔化掉各个种族之间的差异，美国又像个大公园，人人都是游客，在这里没有宾主之分，只有先来后到之别，谁也不会拿谁当外人。

这个教授平时接触的以白人居多，当然还有其他种族的人。脑子里紧绷种族这根弦的大多是刚踏上这块土地的大陆人。他在美国已经生活了十几年了，只知道这人是男是女，多大年龄，这人好不好聊天，是不是很有趣，是不是很聪明，至于肤色种族，早已没这个概念了，除非是在某种特定的场合。

　　教授说，在美国对少数族裔会有一些优待政策，比如黑人大学毕业后，国家是要保证为他找到工作的；另外，他们系里录用教授，男女、民族是有比例的，原来没有达到标准，后来录用了一个印度女教授，各种指标一下子凑齐了。

　　像海绵吸水一样的兼容并包，像万花筒一样五光十色的多元化，是美国文化的最大特质，也是最富魅力之处，各个种族可以在美国找到自己的归属，各种文化不必担心在美国没有立锥之地。这种现象可以从另外一个事实证明，美国已经、并正在继续吸纳世界上最大数量的外国移民。

　　也许，正是由于人种多，差异大，种族问题历来是最棘手的社会问题之一。不和谐的音符不时跳出，其他种族不说，只说华裔。最近发生了几起美国媒体主持人侮辱华裔事件，还有芝加哥小报记者一开始对弗吉尼亚枪击案凶手不负责任的报道，都引起了在美国当地华裔和大陆人的强烈不满。对于这种恶劣事件，首先华裔要勇于挺身而出，用法律维护自身的权利，不能忍气吞声，干吃哑巴亏。如今美国的华裔已经这么做了，但不必反应过于激烈，过激反而证明自己的不自信。况且，这种事件大多都会公正解决，几个媒体主持人相继被解雇。美国媒体断言，芝加哥小报记者的饭碗肯定保不住了。顺便说一句，对于赵承熙的家属，包括其父母及姐姐，美国媒体并没有采取穷追猛打和地毯式轰炸的报道，而是非常节制，只播出了赵承熙姐姐的一封道歉信。这是良心与职业道德的表现。

　　然而更重要的是这些事件只是零星出现，而不是社会主流，林子大了什么鸟都有，这种歧视、侮辱少数族裔的事件是孤立事件，是个案，顽固地坚持歧视观念的人毕竟是少数，肯定会受到主流社会的谴责与唾弃，在美国种族歧视是个很重的罪名，谁也担当不起。

　　问题是华裔在国外（包括在美国）受到歧视的时候，国人正常的反应应该是痛心和愤怒，但网上幸灾乐祸的却是大有人在，巴不得这种事件出现更多一些，他们似乎努力在印证什么既定而过时的理论，并寻找充足的论据。

同样，美国人也不会把弗吉尼亚枪击案凶手与其所属的种族、国家联系起来，因为他们深信，这种事件只是个案，是个人行为，他们只代表自己，与种族与国家毫无关联。

当然也有人说，韩国是美国的盟国，当然不予追究了，要是换上中国人，肯定会不依不饶。这只是一种无知的假设，其实中国留学生枪击案也曾发生过，同样震惊了美国朝野，当时的影响并不次于这次枪击案。早在1991年11月1日，爱荷华大学中国留学生卢刚在留下遗书后携带枪支前往物理楼，将其长期怀恨的目标一一射杀。系主任、两名教授以及同学山林华当场身亡，另有一位秘书遭射击后成为终身残疾。卢刚在制造了这起血案后也自杀身亡。情节与性质与弗大枪击案相似，只是人数少一些。然而这次枪击事件并未引发反华排华以及针对亚裔的恶性事件，没有殃及这所大学的中国学生，更没有阻止中国学生赴美留学的脚步。

也许人们不会忘记，当日本偷袭珍珠港之后，美国马上对日本采取了激烈的报复行动。事件发生后，美国就开始对本土的日本人进行管制。把全美90%的日本人，大概有12万人关入集中营。这些日本人有2/3是在美国出生的，与日本已毫无瓜葛，但对于美国政府来说，只要他们身上流着一滴日本人的血，就应该关押起来。甚至于在墨西哥的日本人，因为被怀疑可能会对巴拿马运河构成威胁，也被运送到美国来。

2001年"911"事件发生的第二天，世界就知道这是阿拉伯恐怖分子所为。很多阿拉伯商店、餐馆被愤怒的美国人砸了，一些阿拉伯商人也受到袭击。然而毕竟时代不同了，在阿拉伯裔人人自危的时刻，有相当一批美国人自发地组织起来，到阿拉伯人的商店、饭馆为他们站岗，到阿拉伯人居住区巡逻，阻止悲剧的进一步发生。

珍珠港事件和"911"事件，与这次枪击案不可同日而语，因为那是针对美国的有组织行动，损失惨重，美国人确实感到了伤痛。而这次枪击案纯属个人所为，美国人自始至终坚持把族裔与个人分开，说明了美国社会的成熟与理性。也许类似事件发生在别的国家，就会酿成一场不小的排外风波。

一位华裔美国学者说，弗大枪击事件，华裔过度反应不可取，这不是文化问题，也不是种族问题，是美国的社会问题。华裔应该和一般美国人一样对此表示悲伤和哀悼，让这件事情过去，而不是努力撇清自己，显示自己的无辜。然而我觉得让华裔保持如此从容正常的心态，就要有一种正常从容的环境，这需要华人特别是美国主流社会的共同努力。这需要时间，还要经得住重大事件的考验。

二、枪支法会从此废除吗？

弗大枪击案一出，国内许多媒体，特别是网民，立即同仇敌忾、众口一词地声讨美国的枪支法，甚至认为私人拥有枪支是导致血案的罪魁祸首。

这种思维也许符合逻辑，假定赵承熙手里握的不是枪，而是一把刀，哪怕是最顺手的大砍刀，他会在那么短的时间里杀死30多个人吗？一个20多岁的年轻人，普通大学生，通过不太复杂而且合法的手续，只花区区几十美元就买到了用以行凶目的的手枪，而且是两支，还有大量子弹。美国的枪支管理是不是太松了？

我在美国期间，经常与美国的警察擦身而过，对警察腰间挎着滴里嘟噜的一堆家伙印象颇深，警棍、手枪、步话机之类，一应俱全。我不知道美国有几种警察，他们在我眼里没有区别，甚至街上巡逻的交警佩带的武器都是同样的。有次晚间与孩子出行，见一女交警拦下一辆违章轿车，她并不是马上靠近，而是掏出步话机，估计是在呼唤同伴。不一会儿，一辆警车呼啸而至。一个男警察开门下车，与女警察共同靠近车辆，要求肇事者出示证件。我问孩子，太风声鹤唳了吧？儿子说，美国人手里都有枪，谁知道会发生什么事？再说又是晚上，女警察一般不会单独执行公务。

前不久，我在网上看到一幅照片，报道五一节期间故宫游客拥挤的场面，游人竟达到最大容量的两三倍，红墙之下人头攒动，人挨人，人挤人，用"人粥"比喻最为恰当。也许是弗吉尼亚的枪声刚刚响过不久，我头脑中突然闪过这种联想：如果在人群中有那么一个对社会不满者，精神失常者，而手里正端着一杆枪，那后果之惨烈是不难想象的。

中国人无论如何也不能理解美国政府对枪支管理的放松。

众所周知，美国总统遇刺并非个别现象，远的不说，只说离我们最近的两起，一是肯尼迪在第二任总统竞选途中遇刺身亡；另一个倒霉的是里根，算是命大，只是受伤，没耽误把两任总统做完。再有就是连绵不断的校园枪击案，都是祸从枪起。每当这种关键时刻，社会上，议会里都会爆发激烈的争论，但最终不了了之。这次弗大校园枪击案已经对美国政坛造成巨大冲击，枪支是禁是限再度成为美国政坛激烈辩论的话题，国际社会纷纷对美国盛行的"枪文化"提出质疑，认为美国枪支管理混乱。美国国内民间组织和媒体则呼吁制定更加严格的枪支控制法案。但白宫发言人在弗大枪击案的第二天，即2007年4月17日就明确表示，布什不会改变对于枪支管理的立场。

因此我在国内网站上看到了一些激烈的语言：

美国仍未摆脱淘金时代的牛仔形象，崇尚丛林法则，弱肉强食；

如此顽固地维护现有的枪支法，只有一种解释，美国政府为了武器制造商的利益最大化，而不管人民的死活。

事实远非如此，这种看法不是持有偏见，就是对美国枪支管理的历史一无所知。

不错，美国是世界上民间拥有枪支最多的国家。据联邦调查局估计，目前大约有2.5亿支枪在私人的手里，另外每年还有500万支新枪被私人购买。私人拥有大量枪支，随之带来了一系列社会问题。在20世纪90年代的美国，平均每年发生200万件暴力犯罪和24000件谋杀。这些谋杀中，70%与枪支有关。

身处如此危险之中，为什么还是不能彻底禁止私藏枪支呢？

枪支问题是由美国早期特殊的历史积淀形成的，关于枪支管制的争论涉及到公民权利、政府权力与公共秩序维护之间的关系问题，而文化传统、价值观念、法定权利、利益集团政治和党派之争等多种因素也交织其中，显得异常复杂。

美国法律之所以不禁枪，是因为"美国人民有推翻暴政的自由"。1776 年 7 月 4 日，在北美洲 13 个殖民地的代表举行的第二届大陆会议上，通过了由托马斯·杰弗逊起草的《独立宣言》。这是人类历史上最伟大的文献之一，它闪烁着自由和人权思想的光芒。没枪怎么推翻暴政？没枪当年美国人拿什么来跟英国军队战斗？虽然今天美国已经是民主政府了，但是出于对暴政的天然防范心理，美国法律坚决保证人民持枪的权利。允许持枪固然会造成很多刑事案件，但是和刑事凶杀案相比，暴政更让人恐怖。

16 世纪，当第一批欧洲人历经艰辛来到美洲大陆后，面对极为恶劣的外部环境，开拓者们是依靠坚定的决心、宗教信仰的支撑和先进的武器在北美大陆恶劣的环境中求得生存。也正因为如此，有美国学者断言："美国诞生之时就有一支来复枪在手中。"美国西部牛仔片就是那段生活的真实记录。

由于武器成为生存必不可少的条件，在 1623 年，弗吉尼亚禁止没有携带武器的当地居民出外旅行或者到田地去劳作。1631 年，该州要求殖民地居民在星期天进行射击练习，并携带武器去教堂礼拜。1658 年，该州要求每一家住户在家中都必须拥有一种可以使用的火器，对于任何没有武装起来的公民处以 6 先令的罚款。纽约州规定，每个城镇都需要常备武器，凡 16 到 60 岁之间的男子必须拥有武器。

接下来的美国独立战争中，民兵发挥的决定性作用为拥有和使用枪支增加了神圣的意味。民兵在莱克星敦打响了第一枪，为美国独立战争正式拉开序幕。当时，除宾夕法尼亚之外，其他 12 个殖民地都有自己的民兵。

在整个 19 世纪，美国政府基本上没有采取任何行动来从法律上限制使用武器，拥有枪支已经成为十分寻常的事情。枪支或许在其他国家被认为是危险的物品，但在美国却被认作是"秩序的象征和保守主义的图腾"。

尽管当前美国国内政治环境的现实，使近期的枪支管制运动遇到较多的困难，但从长期发展的眼光来看，随着社会的进步，城市化的不断提高，公众对于枪支危害性认识也会增强，要求枪支管制的呼声会越来越高，枪支管制组织的力量日益壮大，这是发展的大趋势。而20世纪80年代以来的发展，特别是90年代在枪支管制方面取得的突破，已经说明了这一点。毕竟，目前美国的社会状态和200多年前建国前后的形势发生了很大的变化，全民皆兵已经越来越同时代的发展不相符。

美国历次对于枪支法的讨论都是基于枪支引发的社会混乱而起，这次也不例外。但从根本上禁枪在美国是不可能的。

有些人并不了解美国特有的枪文化及其历史，偏要站出来说三道四，品头论足，连人家自己都争论不明白的事，你能说得清楚吗？用自己的价值观否定或批判其他文化的价值观是偏执的，也是幼稚可笑的。

中国对美国人自由拥有枪支的不理解正如美国人对中国人没有私家枪支一样感到困惑，他们对中国"文化大革命"中会发生大规模的打砸抢，随意抄家的现象感到不可思议：有人到你家明火执仗地打人抢东西，你为什么不开枪反击？要知道，在美国，谁不经允许侵入私人领地，房主是可以开枪的。法庭会根据《宪法》，坚定地支持开枪一方的。

枪支管理走向如何不得而知，但我知道，弗大的枪声绝不会惊醒"沉睡"的美国人，更不会因此而催生一部有关枪支的新法案。

三、宽容，是差异也是差距

弗吉尼亚枪击案这场人间悲剧刚刚发生时，因为具有族裔的特殊背景，潜藏的危险、危机与后果很难预料。然而，人们担心的事并没有发生，在弗吉尼亚理工大学，在大学所属城市布莱克斯堡，以至在全美国都没有发生针对韩裔乃至整个亚裔的报复和袭击，以及其他各种过激的行为及言论。时间在平静中慢慢地流逝，这种平静是不是超乎寻常了，过于平静甚至让人心生疑窦。难道事情就这样过去了，就没有留下什么痕迹，或者说是族裔间的裂痕？

在电视中，在网络上，我看见在校园中点燃的一支支蜡烛，围绕在蜡烛周围各种肤色的学生哀伤的眼神，他们的表情是肃穆的，并不掺杂任何愤怒和怨恨。枪击案发生后的第三天晚上，上万人在草坪上举行了烛光纪念会，这种场面该是何等浩大！

在纪念会上，没有声讨，没有控诉，也没有指责。有的只是哀伤而沉郁，但没有撕心裂肺和号啕大哭的大悲大痛，人们用平静面对死亡，为亡灵祈祷，愿上帝赐福给他们。

不知为什么，我突然想到了美国的墓地。如果不是人们告诉我，我竟误认为这里是个公园，鲜花盛开，绿草如茵，一座座的墓碑掩隐在浓郁的绿树丛中，美国人的坟墓是平坦而不是隆起的圆丘，更重要的是那里祥和的气氛。我见过国内的一些墓地，蓬蒿纷披，气象阴森。大洋两岸的人们对生死的判断有很大的差别，美国人对待死亡的认识比我们达观得多。或许，在美国人的眼中，亡者的灵魂上了天堂，他们的肉身也安居在美丽的花园中，灵魂与肉体同样享受着快乐。

然而更令人震撼的事情是后来发生的事。弗大学生在 4 月 20 日中午举行了遇难者悼念仪式，在学校操场上，33 块花岗岩悼念石摆成了一个半圆形，其中有一块是凶手赵承熙的。随着 33 声丧钟敲响，33 颗气球同时被放飞。彩色气球向邈远的天际飘飞、飘飞，直到在人们的视野中消失。这时弗大的学生们紧紧地拥抱在一起……

这是动人心魄的一刻，为什么数字是 33，而不是 32，凶手赵承熙竟被列为纪念者行列之中？也就是说，弗吉尼亚理工大学的师生们已经宽恕了曾经的凶手。

气球飘飞，将灵魂带向何处？是天堂还是地狱，我相信他们都会飞向天堂，这是放飞者的真诚愿望，即使是那一个，有这些人的引荐，上帝也会原谅，接纳的。

是什么力量与信念使他们宽恕了这个冷血残忍的杀人恶魔？此时，品德高尚、胸怀宽广、高风亮节等等溢美之词都显得如此苍白无力，无法解释美国人的行事准则，因为他们的做法已经远远高于法律和道德的标准。这种圣洁与虔敬，世俗观念是无法理解的，唯一的解释就是宗教。

在美国，这类枪杀案和重大自然灾害造成巨大伤亡后，是宗教意识帮助他们渡过感情危机。烛光纪念成为一种追思，也是一种宗教仪式，之后，他们在心理上就算经历了这种事情，灾难也随着烛光的熄灭而放在了身后，很多美国人就是靠宗教战胜哀痛，只有极少数人显得过分激动与悲伤。

其实美国人的宗教意识我早就感觉到了。在美国我曾采访过几个领养中国孤儿的家庭，让我知道了发生在他们之中的感人故事，他们抚养中国孤儿的善良以及超越国界与种族的爱心，让人唏嘘不已。其中有一个叫塔米，是个年仅30岁非常漂亮的白人妇女，已经生育了两个健康可爱的孩子，却到中国领养了两个残疾儿童，为此还放弃了工作，成了"全职妈妈"。这让我大感疑惑，在中国，谁家有了一个残疾孩子都会从心底发出抱怨，抱怨上苍的不公，抱怨自己的不幸。但这个家庭却主动领养了残疾孩子，而且是两个。

我问：你为什么领养有残疾的孩子？

塔米说：因为我已经有了两个健康的女儿，这是上帝的恩赐，为了报答，所以要领养残疾儿童，让他们得到幸福。

我仍然不解，我觉得两者之间并不构成因果关系。

大概塔米看出我的困惑，又解释说，我觉得孤儿的命运不是太好，残疾孤儿的命运更糟，很少有人关心照顾他们。我要给他们一个家，就像有亲生母亲一样，让孩子得到母爱。

她的回答使我陷入沉思，我总觉得她的回答过于简略，并没有给我一个期望的答案。也许我们生活在不同的国度，有不同的价值观，我很难理解她简单话语中的深层含义。或者她给我注入的信息太生疏、太费解，我还要消化一段时间。

在采访中，我还知道，在领养家庭填写表格时，对将来孩子信什么宗教是很重要的一项内容。在美国人看来，信什么宗教非常重要，比考什么大学，找什么工作，找什么样的配偶都要重要得多，因为那些东西可能是一时一事，但宗教却是伴随你的终生。

当前国内有识之士不是对信仰危机而忧心忡忡吗？确实，人应该有信仰，信点什么总比什么都不信要强得多，有信仰才会懂得敬畏。思想、行为、语言才会有所约束，丧失信仰，人就会像脱缰的野马，天不怕，地不怕，没有道德底线，无所不为，而且不受良心谴责。

在美国生活的 3 个月时间里，我见到了那么多的基督教教堂，我居住的一条小街上就有两座，百分之八十的美国人信仰基督教。即使在科技突飞猛进、信息爆炸的今天，宗教的影响力仍然是强大的。规范与约束人们行为的标准与其说来自法律，还不如说来自宗教，来自信仰。如果做善事不是个别品德高尚人士所为，而是群体行为的时候，我们不得不从信仰上寻找原因了。

很长时间，我们对宗教问题讳莫如深，我从小接受的是辩证唯物主义与历史唯物主义教育，最终成了无神论者。让我在这个年纪转而皈依上帝恐怕今生今世绝难做到了。

在美国时我曾和一个教授讨论这个问题。

教授说，一个基督教徒，前提是相信上帝的存在。

我问，到底存在不存在呢？总得有个客观标准吧！

他没有直接回答的我问话，而是反问：你学过平面几何吧！

我点头，当然，欧几里得几何学。

他说，欧氏几何学之中的定理，推论都是需要证明的，但这些都是建立在三条公理之上的。

我说，对，公理是不需要证明的，也是不能证明的。

教授说，对，否则你就不可能相信，更不会去学欧氏几何学。

我不解地望着他，不知谈几何哲学有何意义。

教授说，这和信仰上帝是不是有点儿相似。

教授的话让我思考了很长时间，短短的几句对话当然不会改变我的价值观和人生观，更不会把一个无神论者改造成基督徒。但是我学会了一种思维方式。其实有些显而易见的问题，所谓明眼人"一看就明白"、"这还用说"、"明摆着吗"的问题反而是最无法说清的。正如一个无神论者和基督徒讨论上帝是否存在时，都会用这种理由证明自己的正确。

我曾翻阅过一份资料，在全世界人口中，包括基督教、天主教、东正教，就是广义的基督徒有 20 亿，占世界人口的 33.15%，伊斯兰教有 12 亿，占世界人口的 19.89%，印度教有 7 亿，占世界人口的 12.94%，佛教有 3 亿，占世界人口的 6.02%，部落宗教有 2 亿，占总人口 4.12%。没有信仰的有 8 亿，占 13.10%。

中国人绝大多数是无神论者，也就是不信仰任何宗教，这是国情，也是民族习惯，是自己的事情，用不着攀比。但我们不能无视世界其他国家与民族的信仰，你可以不信，但不能对人家的信仰品头论足，声讨与喊口号是不能解决问题的。要学会相处，学会尊重。更何况包括世界三大宗教都具有丰富的内涵和悠久的历史以及灿烂的文明，是一个民族乃至国家的精神支柱，也是人类共同的财富。是人造就了宗教，但宗教更改变了人，宗教对人思想、行为的规范、约束，或说是控制力是强大的，而学说、理论，或者其他教育，其影响力则逊色多了。

我曾产生过这种念头，弗吉尼亚的师生用这种信念及思维方式对待他人，但人家用仇恨的心态来对待你，到头来吃亏的还不是你们？

为什么说这种话？因为我在网上看到了那么多留言与跟帖，充满着仇恨、阴暗、卑琐与绝望。尤其对宽恕赵承熙的回应竟是

"美国人假惺惺，假仁假义，连我两岁的孩子都看出来了"。我有时心惊胆战地想，虚拟世界的思维究竟与现实有多大关联，这是他们真实的思想吗，这种思维在人群中究竟占多大比例？无意的误读应尽量避免，刻意的误读该是不可原谅的，对他们该说些什么呢，最好什么也不说吧。

我想起了中国一句老话，老实人终究不会吃亏的。宽容是一种博大的爱，爱能包容一切，填平一切沟壑，爱的力量又是强大的，任何卑琐阴冷永远不是她的对手。

我看过两类文章，一类是中国人误读世界，包括误读美国，还有一类是外国人，特别是美国人误读中国。改革开放以前的中国游荡于世界大家庭之外，彼此隔阂，误解太多，误读是不可避免的，随着时间的推移，中国逐渐融入世界，中国与世界都有了重新认识对方的可能与需求。随着中国经济的崛起、强大，中国国际地位稳步提升，中国已经成了世界上的"大户人家"，既然如此，就要用大国的心态对待世界，负起大国的责任。再不能干那些站在"大宅门"之外，跺足叫骂，向里面撒石头的事情了。

我赞成一种趋同论，无论是乌托邦、桃花源，还是西方理想中的天堂，我们总能找到其中相似的东西，找到契合点，这才是问题的核心。同样，我们也正在苦苦寻找一种为全人类所接受、所认同，所谓全人类普适的价值观、人生观，走近它，融入它，而不是远离、抵触，甘心游离于世界大家庭之外。

"废除高考"动了谁的奶酪？

2007年全国"两会"有许多亮点，来自宁波的人大代表范谊《关于废除高考，创新高校招生制度的建议》的提案十分抢眼。这份长达8000余字的文本是范代表经过5年思考、3年斟酌的呕心沥血之作。

对我国现行高考制度的是是非非历来争议甚多，高考改革成为人们热议的话题，献计献策者不少，但都没有这次"废除高考"来得干脆彻底。根据以往对这个问题评判的追踪，我的第一感觉就是提案将引发一场营垒分明、势均力敌，但又是旷日持久、无果而终的论争。

然而让我始料不及的是，网民的回帖，并未出现"激辩"的态势，明显地一边倒，乃至变成了对范代表的批评、批判、声讨、炮轰，人身攻击的也不在少数，"哗众取宠"、"千古骂名"、"祸国误民"、"特权阶层的代言人"等情绪化词语层出不穷。

为什么出现这种结果？这肯定不是范代表的预期，是什么样的内容惹恼了网民？

范谊代表对现行高考制度的总体评价是："高考以及它所派生的应试教育已经使我国的教育迷失了方向，失去了教育的本性和灵魂；它使我们的儿童失去了天真和幻想，失去了对学习的热情和能力；它使我们的青年戴上了思维的枷锁，只能对规定知识反复记忆和辨析，扼杀了他们对生活的热爱和创造冲动；它使我们的民族习惯于接受和模仿，一个曾经最富有创造力的民族今天必须重新学会创造。"

既然高考存在着如此严重弊端，那么高考应向何处去？范代表开出了药方："目前，要把素质教育改革推到实处，关键就是废除高考并用新的招生体制取代之，这是事关民族命运的大事！"新的体制是："一，学业因素占50%；二，非学术因素占30%（含考生社会服务记录、学校社团记录、艺术技能发明竞赛获奖）；社会评价20%（含教师评价和家长评价）。"

范谊代表的提案确实经过了深思熟虑，出发点可谓忧国忧民，其对我国现行教育体制的弊端揭示可谓一针见血，开出的药方也颇具前瞻性。但为什么遭到如此众多人的反对呢？是不是"举世混浊而我独清，众人皆醉，而我独醒"，真理有时在少数人手里呢？

其实，先不说范代表的提案对我国现行高考制度的评价是否得当，仅就提案内容本身来说，貌似惊人，其实老生常谈，并未出乎人们的意料之外；尤其是开出的药方，更无任何新意，只不过是西方正在实行的高校招生制度的转述。

一、美国高校的录取制度

1. 美国有高考吗？

美国拥有世界上最丰富的教育资源，美国总共有 3500 多所大学，据武汉大学中国科学评价研究中心提供的最新世界大学科研竞争力排行榜中，前 100 名的大学中美国占去一半，前 500 名大学中，美国占去三分之一。我国正规大学不过 1000 所左右，只有 18 所大学进入世界 500 强，享誉全国的北大、清华只不过屈居 190 多名。美国的公共教育经费占其 GDP 的 5%～6% 左右，高等教育的毛入学率已超过 80%。可以说当我们正在谈论中国的高等教育已从精英教育转向平民教育的时候，美国早已实现了全民教育。

美国大学可以分为四类：其一是实行开放性的招生政策，录取所有申请入学者，从理论上保证了人人都有接受大学教育的机会；其二是实行最低限度筛选的招生政策，这两类院校占了美国高等院校的大部分。不过中途退学率极高，从某种意义上说，筛选过程是在新生入学后才开始的，所谓宽进窄出。其三是实行有选择性的招生政策，此类院校大约有 200～300 所，入学考试主要考查学生的一般能力，而不注重学业成绩。它们通常挑选到的是中等成绩以上的学生。这类院校通常也有低于 20% 的中途退学率，因此说筛选工作贯穿于新生入学到毕业的始终。

我重点说一说第四类大学，与我国大学招生方法相似，实行竞争性的招生政策。这类院校为数不超过 100 所。每一名符合条件的申请入学者必须与其他 4～5 名同样符合条件的申请者竞争，最后的录取人数远少于报考人数。这类院校除了学能测验外，还要求学业成绩测验，学能测验的分数通常名列全国所有大学考生分数的前 10% 以内，绝大多数新生在他们所在中学的成绩也在全班前 1/5 以内。这类院校因学习上的因素而退学的学生是极少的，一般只占新生的 5% 左右，因此这类院校在选择他们的新生时也等于是在选择自己的毕业生。

我曾接触过几个正在美国读书的华人学生。王珏是个开朗的女孩儿，她 5 岁来到美国，现已读到高中三年级，还有一年就要参加高考。中文口语与书写都是不错的，这在美国长大的华人儿童中并不多见。王珏从读小学开始，学习成绩一路领先，成绩全部是 A。父母引以为豪，唯一不买账的是来探亲的外公。外公曾是国内一所重点中学的高考把关教师。对于外孙女的学习成绩，尤其是刻苦程度，颇不以为然，认为大有潜力可挖。这种结论是在和自己的学生，包括王珏的父母相比较而得出的。王珏的父母都是国内名校的高才生，他们的学习经历和付出的艰辛，王珏早有了解，甚感恐怖，她无法理解，读书会耗费那么大的精力。

王珏的母亲对我说，美国大学录取制度与中国大不相同，美国也有高考，称为 SAT，它主要测验学生的综合学习能力，测验内容只有英语和数学两门，每门 800 分为满分。

然而这种考试是可以重复参加的，考试时间一年中有 6 次，1 次付费可以考 3 次，选择其中最高分作为最终成绩。如果 3 次成绩都不理想，还可以再次付费重新考试。少了"一张考卷定终身"的压力，考生心情自然很放松。

更重要的是美国大学录取新生并非唯分是取，SAT 只是考核标准之一，而不是全部，甚至不是主要标准，所以 SAT 考试不能与中国的高考同日而语。

美国大学录取新生的三个标准是，第一个是高中毕业前一年的学年平均成绩，也就是高中三年级的平均成绩（美国高中学制四年，初中两年）。第二个是 SAT 的成绩。每个学校都在招生简章中公布录取新生的 SAT 标准。例如公认为最好的公立大学加州大学柏克利分校录取标准是 1380~1480 分之间。即便是哈佛这样的顶尖学校，也没有要求学生考 1600 这样的高分，而是在 1480~1600 分之间。第三个是学生的社交参与能力。要

在你的履历上写明参加过什么社团，担任过什么职务；做过多少义务工作，例如到老人福利院去帮助老弱病残者，或者到医院、教会、基金会帮助过多少人士；还有组织能力，担任过学生会主席或者编辑过学生刊物等等。这些都是学生能力的表现。美国大学重视动手能力和实际交际能力，只有好成绩的学生不要说不会得到哈佛这样一流大学的青睐，即便是一些地方性高校也不会对你有兴趣。

美国高等学校测验还有一种叫 ACT，包括英语、数学、自然科学和社会研究 4 个部分，主要考查学生的基本知识和基本技能。此项测验与 SAT 颇为相似，且在许多情况下可互相取代，每年举行 6 次左右，考生可选择时间应试。

我曾采访过几个美国教授，这些国内传统应试教育的过来人，经过西方教育的碰撞，深解其中的差异。对中美教育的评价更为客观，也更为理性。

林鑫华是一位颇有名望的教授，特别强调国内教育对他在美国事业的发展起了重要的奠基作用，并一直心存感激。他认为中国的基础教育跟哪个国家相比都不逊色。对自己的孩子教育他从来不敢放松，他的两个孩子学习成绩优异，老大基本是 A，极个别的良。老二更好，全部都是 A，但他更希望孩子们全面发展。我见到了一张照片，那是一家四口的全家福，女儿切尔西手持鲜花，刚从全美体操比赛场出来，获得什么奖项也许并不重要，体能、意志培养才是做父亲的真正目的。在美国，如果孩子有特长，比如艺术、体育，在学生中会有很高的威信，并能从中得到莫大的乐趣。国内家长如果让孩子参加各种体育艺术培训班，目的却非常直接，大多为了走捷径：高考加分，全国奖加多少，省级奖加多少，市级又加多少，明码实价。不过孩子却不会因此而快乐。

2. "亲历"美国研究生招生制度

研究生教育是一个国家新知识、新技术的重要源泉。美国研究生教育始于 1861 年南北战争爆发以前，处于萌芽阶段，全国开设研究生课程的学校不足 10 所。1876 年，美国历史上第一个以培养研究生为主的大学——约翰·霍普金斯大学正式成立。到 1900 年，美国已有 150 所大学设立了研究生课程，其中 1/3 的大学设立了博士学位课程。进入 20 世纪，特别是二战以后，发展进入了快行线。当代美国一些著名高等院校研究生与本科生的比例正日趋接近，一些著名大学正朝着以培养研究生为重点的"研究型"大学的方向发展。美国研究生教育很有特点，一直把培养创造力放在研究生培养的重要位置上，拥有一批高水平的博士生导师，有严格的资格考试与高标准的论文要求。仅从博士生导师质量而言，今年一个刚被哈佛大学录取的学生对我说，他的申请材料在美国超一流大学转了一遭，接触了六七名教授，这些教授分属中国、伊朗、印度、韩国等族裔，只有一位为美国本土教授。能够集世界精华于一身的师资队伍，不强才怪呢！任何一个国家都无法望其项背，仅凭这一条就可以令其在世界上处于遥遥领先的位置。

对于美国研究生录取方式的了解，源于我的孩子亲身经历。他还有他的高中和大学同学，现在美国攻读学位的不在少数，申请直到被录取过程，让人耳目一新。

孩子在国内接受了 12 年基础教育，4 年本科教育。赴美留学走的是一条"传统"之路，因而颇具代表性。

他参加了两种考试。一种为托福（TOEFL），主要考查听力理解、语法与写作表达、词汇与阅读理解三大部分。托福测验 660 分满分，500 分为及格，一般院校要求及格即可，较好的院校要求 550 分或更高的分数，测验成绩两年内有效。但这几年水涨船高，低于 600 分出国免谈。这种考试主要针对非英语国家的学生，无论是去读本科还是研究生都要通过这种考试。

如果说托福能够比较轻松过关，那么 GRE 却真的让他们胆寒了。

什么叫 GRE？就是美国大学研究生入学考试，考查学生语言、数学和逻辑分析三方面的能力。

GRE 虽说是研究生考试，但难度并不大，对中国学生而言，小到可以忽略不计，比如它的逻辑部分根本不用复习，是常识性的；数学部分，考生直言只有初中水平。如此说来，GRE 很容易过关了？非也，其难度并不在于内容，而在于形式，也就是英语。对中国学生来说，GRE 简直就是一场噩梦，一种磨难，许多生冷怪涩的单词让你在一生中不会碰上第二次，你在通过大学英语六级考试的基础上，还要外加 8000 ~ 10000 个单词。这对正处于大学本科学习阶段的学生来说，压力太大了，让不少心仪留学者不得已而放弃。背单词大多采取突击方式，3 个月，最多半年解决问题，否则，无论在心理、精力还是体力上都是吃不消的。

　　但这点困难难不倒久经考验的中国学生，他们往往考出了高分，我的孩子考出了 2200 多分，高么？当然不低，但这个成绩只能算作稀松平常，有人竟考出了 2400 分，一分不丢，满分。这种分数让使用母语的美国人无法相信，他们的成绩不过 1600 分左右，而中国留学生的心理预期最低是 2000 分。

　　如此看来，美国研究生考试不是与中国一模一样吗？远非如此。

　　首先，这种考试不是唯一的。托福考试一年为多次，而 GRE 考试次数是无限的，你可以选择任何一天任意时点参加考试，考得不好可以拒绝交卷，下次再来，最多可以考多少次？没有限制，只要你有足够的时间，当然还有不菲的考试费。

　　其次这种考试不是录取的依据，而是申报资格，假定 GRE 的门槛是 2000 分，你考了 2100，2200，或者是满分已经无足轻重。

　　这是 2001 年前后英语考试的方式，这几年机考、笔试、计分标准变来变去，你只有去适应它。

　　考生还要开列毕业前一年的成绩单，并标明在本专业中的名次。对此，我有所怀疑：成绩与名次能说明什么？一般院校与名牌大学有可比性吗？确实，国内名校毕业生占尽地利，美国教授特别钟情于清华、北大、复旦、中国科大等几所院校，毕业于名校，排名靠前，进入美国大学的几率肯定要高得多。

托福、GRE、专业排名，并称三个硬件，但你如果以为硬件全优，就会顺理成章地进入美国大学，并获得全额奖学金，那你就大错特错了。

还有什么因素影响录取呢？还有两个软性材料。

一个是考生自己书写的材料，包括详细的自介书、个人简历、对专业选择的说明。如果在其他方面没有过人之处，那么这份材料可以让你大显身手。美国教授对你的了解，特别是研究能力、潜力、团队精神，总之是学习成绩以外的方方面面，就凭这份材料了。据说有的教授在打开你的档案袋时，取出第一份材料就是自介书，只有被打动了，才会去看其他材料。所以每一位申请留学者对这份材料高度重视，万不敢敷衍了事的，有的还让先行一步的师兄师姐给自己把关。怎样能用最简洁的语言完美地推销自己，出奇制胜，一鸣惊人，这里面有大学问。

第二个软件是教授推荐信，名教授中肯的推荐信作用不可小觑。

三个硬件，两个软件，缺一不可，你很难区分哪个更加重要，考生最终或成或败是一笔糊涂账。这种录取有很大的模糊性，但可以肯定的是，一个学生被录取，是由综合实力决定的。

美国提供的奖学金很优厚，全奖包括学费与生活费，一般为每年 3～4 万美元，折合人民币 20～30 万元。美国大学不会拿这么多美元打水漂，他们的录取极为慎重。

事实证明，留学生到美国后，听课与交流能力与英语考试成绩关系不大，看不出 2400 分的比 2000 分的强在何处；至于成绩单，只说明过去，优秀与否已经重新洗牌，有本事拉出来单练。再说，在攻读学位过程中，考试成绩已经不再重要，只是考核的一部分。

我国研究生教育起步很晚，1935 年中国政府曾仿效英美体制颁布了学位授予法，直到 1949 年新中国成立前，仅有 232 人获得硕士学位。建国后，研究生教育也是步履维艰，屡受干扰，"文革"时更是与大学同时停办，所以直到 1977 年恢复高考前，中

国仅招收了研究生 22700 多人。近些年研究生教育发展迅猛，几乎所有大学都设置了博士点。在看到成绩的同时，人们对于博士招生的"大跃进"普遍担心，担心学位因泛滥而贬值。

目前国内研究生录取与高考相似，统一考试，规定最低录取分数线，不上线，就是天王老子说了也不算。当然研究生还有面试一关，面试就会有一些模糊性了。一般情况下，考试成绩排名靠前的应为导师首选，但导师已经有了一些自主权，会去选择那些更富于创新精神，有研究能力的学生，有的导师还会有一些特殊标准，比如性别、年龄等等。但这些选择必须基于考试成绩之上。

那些考试名次靠前而未被录取的考生倍感冤枉，乃至出现极端事件，比如自杀。为什么？他会固执地认为，考出了高分，被录取的理应是他，但输在了面试上，而面试又是说不清道不明的事情，因此对招生中存在"猫儿腻"深信不疑，只怪自己位卑命贱，没背景、没关系、没后门，因而陷入极度绝望之中。假定因为分数没有考够，他可能会坦然面对，秣马厉兵，来年再考，因为希望并未破灭。

二、高考改革路漫漫

说起高考，让我想起 1977 年夏天发生的故事。

由于十年"文革"动乱，学校停课，大学停办，教育遭受重创，中国出现了严重的人才断层。"文革"结束后，关闭了 10 年之久的高考大门终于重新打开。于是，1977 年便成了中国才子们的狂欢年。

1977 年 8 月 13 日至 9 月 25 日，第二次高等学校招生会在北京召开。这是一次马拉松式的会议，也是建国以后时间最长的一次招生会，会期居然达到 45 天。

是什么使会议开得如此漫长，如此艰难？在那个充满希望，又充满变数的历史时期，人们混乱的思想需要慢慢厘清，着急不得。恢复高考似乎争议不大，但几个敏感问题却争论得如火如荼，当时教育部主要领导人迟迟不表态，会议一延再延。这几个

问题是:

一是招收有两年工作经验的工农兵是否为必备条件,应届高中毕业生能不能报考;二是推荐还是考试;三是政审问题,究竟录取看不看家庭出身。比较而言,前两条好办一些,而第三条才是核心中的核心。

我们不妨回顾一下建国以来各个时期高考制度的演变。

1966年"文革"爆发,高考被废,大学停办。1972年,招生工作恢复,大学勉强开张,但只"选拔具有两年以上实践经验的优秀工农兵入学",取消文化考试,从此,没有任何文化考试的推荐选拔制度开始正式实行。这种制度招来的工农兵学生,素质普遍不高,有的甚至不具备基本的文化知识,大学教育面临危机。

我当时正在北大荒农场下乡,我所在的连队连年推荐工农兵大学生,有20多名幸运者较我们更早地离开了农场。实事求是地说,连队风气比较纯正,被推荐的知青大多表现不错,有很好的群众基础,走后门的并未听说。推荐的主要依据是干活卖力气,至于其在校学习成绩如何,是否聪明,推荐条件没有这一条,以后书念得好坏也无足轻重。

当然,干活卖力气的大有人在,但"政审"关和"家庭出身"是这些人无法逾越的沟壑。

"政审",并非"文革"首创,而是一种沿袭。"文革"前,一直沿袭的大学录取方式是高考。高考成绩对考生重要吗?当然重要,可以说是举足轻重,但非唯一,而是附加了先决条件,这就是"政审"。一个十几岁的孩子会出什么政治问题?当然不会,大家心知肚明,说穿了,就是"家庭出身",或称为"成分"。即盛行一时的"有成分论,不唯成分论,重在政治表现"。有了这个附加条件,就不会有分数面前人人平等。实际上在高考前,经过"政审"的梳理排队,部分考生已被淘汰出局。这种状况在20世纪60年代尤为突出,"贯彻阶级路线"明文写入高校招生简章之中。

会议面临的是一片雷区、禁区，难怪陷入僵局。

终于，邓小平失去了耐心，发了脾气，于是教育部终于递上了送审稿。当时负责起草文件的杨学为有一段精彩的回忆："邓小平看了（文件）之后，我记得连说三个烦琐，大笔一挥，政审条件全部抹掉。表现了他对'文革'期间极'左'的那一套所谓血统论的厌恶，然后他重新起草了一段。后来教育部给国务院再上报文件的时候就照抄了邓小平的原话。"

在颇为流行的《春风重度玉门关——邓小平和恢复高考》一文中写道，"那些曾经地位极其低下，甚至一度被呼为'狗崽子'的知识青年，也预感到他们命运即将出现的变化。经邓小平亲自修改的政审条件，几乎使所有人获得了平等的权利。"

从 1977 年至今，弹指过去了 30 年，斗转星移，物是人非，当时人们关注的焦点已逐渐转移，"政审"、"成分"、"群众推荐"早已淡出人们的视野，这些政治色彩浓烈的词汇对今天的考生十分陌生。但在 1977 年确立的"机会均等"、"择优录取"的原则，已经深入人心，不可撼动。高考甚至被称为当前社会生活中唯一的净土，是公平与正义的化身，为绝大多数人民心悦诚服地接受。

三、辨析高考的公平性

1. 我国的高考公平吗？

中华人民共和国公民有受教育的权利和义务。

——《中华人民共和国宪法》第四十六条

宪法是国家的根本大法，具体法律均由宪法派生而出，是宪法的细化和补充，不得与宪法相抵触。教育法，以及高考制度必须遵从宪法，使公民的受教育权利与义务得到保证。

在评判高考是是非非的时候，人们说得最多的还是高考的公平性。

高校招生可以看成是国家对高等教育资源的分配，要分配就得制定一套规章制度，这就是我们常说的游戏规则，规则是人制定的，带有制定者的主观色彩。但规则又是客观的，公平、公正、透明、权威，经得住时间考验，为绝大多数人拥护，并愿自觉遵守的规则才能长久地坚持下来。

公平性能够保证参与游戏者站在同一起跑线上，只要努力，每个人都有胜出的可能。如果游戏还没开始，利用附加条件把部分人罚出场外，这种规则显然是不公平的。

我国现行高考制度可以用一句话概括：在分数面前人人平等。为此，招生部门从出题、考试、阅卷，特别是录取过程，每个环节都制定了严格纪律，采取了种种措施。近年来更推出了网上录取，尽量不掺杂人为因素，只凭考卷说话，凭分数说话，分数是决定一切的，不容置疑的。这样才能保证招生工作的纯粹性与权威性。

但是近年来，对分数决定一切，乃至一张考卷定终身的公平性质疑的声音越来越强烈。有人说，你维护了分数上的平等，却忽视了另一种平等，这就是能力。

那些具有文学创作、艺术、体育等特殊才能的人，大多明显偏科，这些人在现行高考制度面前必将败下阵来，才能被湮没，光彩被遮掩。清华大学陈丹青教授因此愤而辞职。

与社会和人生有关的能力不一定与考试成绩成正比，事实上，你毕业后从事任何一项工作，比如做政治家、企业家、商人、律师……需要的是领导、统筹的才能以及人际交往的能力等等，有时意志、魄力和胆略又是成败的决定性因素，而这些显然不是一张试卷能够考量的。

即使你将来做学问，当教授、学者、专家，成功者也未必是读书中的佼佼者，高分只能代表你的考试能力，而不是创新，研究能力。

高考的公平只能是相对的，你维护了一种公平，可能造成了另一种不公平。

然而严重的是，只要高考指挥棒在头上挥舞，我国的基础教育必须围着高考转，一切从高考着眼。高考改革 30 年来，一些负面效应已经充分显现，学生成了考试机器，创造才能被湮没，学生课业负担加重，身体素质普遍下降，儿童天性被扼杀等等，这将对我国人才培养产生长远的影响。

2. 美国高考又如何？

美国的高考制度、研究生录取方式，正如范谊代表所说："彻底打破了在分数面前人人平等的神话"。分数只是考核的一个方面，还要考察学生的全面素质，以及潜在的能力，因此那些考试分数虽然不是很高，但各方面能力比较强的考生有机会胜出，轻分数重素质的考核方式显然更全面，也更优越，因而也更大限度地体现了公平性。

我在美国见过许多中国留学生，他们确属中国的精英，毕业于国内名校，而且都是尖子生，是国内优中选优的人才。他们去美国大学学习，本应显示出他们应有的优势，然而留学生们普遍反映，他们优势并不明显，无论是一般大学还是顶尖级大学，都淹没在众多学生的汪洋大海之中。想一想自己的求学之路，再看看人家的付出，真觉得很冤。

中美两国的教育以及人才选拔的不同标准，培养了类型迥异的两种人才，也许下面这个事实更能说明问题。

中国有那么多中学奥林匹克竞赛的金牌得主，几乎涵盖数学、物理、化学、信息科学等所有学科。按这种趋势发展下去，前途不可限量，未来的科技大国当属中国。但中国本土至今没有培养出一位科技领域的诺贝尔奖得主，这与我国人口数量、政治、经济等方面在世界所处地位很不相称。让人沮丧的是，我们与诺贝尔奖的距离不是越来越近，而是越拉越远了。

四、谁来维护教育的公平

我曾长时间地困惑，既然美国的教育，大学的招生方式如此科学、严密，当然也更能彰显教育的公平；既然中华民族是一个善于学习的民族，取人之长，补己之短，那么现成的经验，为什么不采取"拿来主义"，为己所用呢？

说来说去，还是一个模糊性。我也曾有过一丝疑问，那么多软性条件，美国人能够把持得住吗？制度终究有鞭长莫及的时候，再好的制度也得靠人来执行，有时真得靠手握重权者的道德与良心啊！但人家运行了这么多年，一直畅通无阻，更没有爆出什么丑闻。

然而这种模糊性却是我们的死穴，成了潜规则、暗箱操作、不正之风的代名词。

我曾做过这种设想，假定我们不分青红皂白，把这种模糊性很强的招生制度生搬硬套到中国，结果会如何？

别的不说，就说体育加试，高考加分，特长录取，各种形式的保送，看起来都是好事，但哪一项不是暗藏玄机，文章做足，一潭浑水？如果把软性指标放大到不适当程度，后果将不堪设想，对大学录取将是一场灾难。谁来维护高考的公平？难怪网上有人激愤地留言，果真如此，还不如抓阄，因为抓阄起码能够保证人人都有机会。

我国现行的高考制度应该是科举制度的延续，科举制度是中华民族对世界文化做出的重大贡献之一，其选拔人才的机制公平性、有效性是举世公认的，特别是其促进了中国社会各阶层的流动，使社会底层和平民百姓都有晋升的通道，使朝为布衣、夕为卿相、金榜题名、一步登天成为可能。因此有人称科举制度是社会矛盾的缓冲剂，中国封建社会能够延续几千年，科举制度起了重大作用。

毋庸讳言的是，当今社会存在着各种社会矛盾，有些矛盾相当尖锐，最显而易见的是贫富差距与官民对立，网上宣泄的大多是仇官仇富的情绪。解决这种矛盾除了缩小之间的差距外，另一个有效的方法就是让处于不同阶层的人员流动起来，使处于社会底层的人看到希望，让读书改变命运成为可能。要时刻警醒，被绝望情绪笼罩的群体是不惜铤而走险的。

我想，这才是"废除高考"提案遭到万炮齐轰的根本原因。

最近教育部高调表示，"高考作为我国最大规模的人才选拔制度，是教育公平最有力的'助推器'。今年是我国恢复高考制度30周年。高考的科学性、公平性、权威性得到了全社会的高度认可。"

高考需要改革，但万万不能废止。

一个人与一群人

盛夏时节，我离开哈尔滨远赴美国。出国前一天，我特意来到松花江边，向这条北方的大河做一个短暂的告别。哈尔滨的夏天是迷人的，松花江畔更是迷人，江水浩浩荡荡向东流淌，波光粼粼的江面上鸣响着声声汽笛。我坐在柳荫下的长椅上，接受着江风柔软地抚摸，静静地浏览着过往的游人。

可以骄傲地说，哈尔滨的姑娘无论走到哪里，都是出类拔萃的，身材高挑儿，皮肤白皙，配上那身漂亮的连衣裙，更显身材之窈窕。连衣裙在 20 世纪 50 年代称作布拉吉，俄语译音，可见是苏联原产，苏联姑娘身材更好。今年的连衣裙款式之多令人眼花，对了，时下流行什么颜色？好像是藕荷色，端庄、淡雅、宁静。去年呢，是橙色，也许是黄色，前年呢？记不清了，时髦的东西不属于我们这代人了。

只有短短的三十几个小时，我已经站在美国辛辛那提大学校园的水泥甬道上。碧草，蓝天，亮得刺眼的阳光，还有从来没有呼吸过的洁净通透的空气，让我一下子感受到身处环境的巨大差异。

正是大学期末，校园里的学生很多，我从未见过如此众多的人种在某一个时点会聚在一处，白皮肤的，黑皮肤的，黄皮肤的；还有一眼就能看得出来的印度人、阿拉伯人、南美人，好像混血人种也不少……那一刻，真觉得两只眼睛不够用了。唯一的共同点是年龄，映入眼帘的全是 20 岁上下的姑娘小伙儿，读研的儿子在这里已经堪称老前辈了。

在与一个个肤色不同的学生擦身而过的时候，我特别留意他们的装束。

美国是当今世界最富有的国家之一，在许多人的心目中，美国遍地是黄金，富得流油。那么他们的服饰呢，也应该是一色的名牌、气派、挺括、衣冠楚楚；至于色彩呢，一定分外艳丽，不是说美国崇尚自由吗，那么颜色必定火爆，奔放而且多样。

然而眼前的一切实在令我失望，也是无论如何也没有预料到的，扑眼而来的是清一色的土蓝与土灰，灰不叽叽、蓝不叽叽的水洗布，颜色暗淡，一样的圆领 T 恤，一样的牛仔裤，以短裤居多。男孩子如此，女孩子也同样，从衣着上竟看不出性别之分。姑娘们一个个素面朝天，不上一点儿轻妆淡抹。哈尔滨的花枝招展与美国的素朴暗淡反差太大了。这种无可救药的单调让我一下子联想起我国改革开放之前的年代。

我曾猜想，可能是身处校园的缘故吧，学生经济拮据，学校规矩大，或者学习太忙？后来多次出入这座城市的"当趟"（市中心），还游览了俄亥俄河畔的风景区，见到众多市民的穿着大多如此，简直就是校园的翻版。

美国人怎么了，特别是年轻人，爱美之心呢？难道他们把国服——西服也一道摒弃了吗？

美国穿衣戴帽真的很不讲究吗？这看怎么说，出席正式场合，比如婚礼、商务谈判，穿着必须庄重，否则就是不敬。比如我去歌剧院听过一次交响乐，我感受到一种对艺术顶礼膜拜的虔敬气氛，只有这种场合人们才会西服笔挺，领结扎得整整齐齐，个个表情严肃矜持，说话轻声慢语。在这里，T 恤牛仔在你的视野中彻底消失了。这种穿着，在 3 个月的生活中我只碰上过一次。

该讲究的时候讲究，这一点与中国人相似；不同之处是中国人在逛公园，散步时可能也会穿得十分考究。如果你身边真有这样一个人，得到的评价一般来说是积极的，作风严谨，注重仪表，虽有些过头，却不会招致别人的反感。然而在美国是不被接受的，该随意的场合你正式了，比如参加同学的野餐，别人一色的休闲，你却西服革履，会显得十分古怪，让别人很不舒服，也

是不合规矩的，虽然美国人的规矩并不多。

美国现在流行 T 恤牛仔吗？有一天我问儿子。儿子说，是
呵。我问，是今年开始的吗，蓝灰是今年的流行色吗？儿子被我
问得有些摸不着头脑，想了一会儿才说，哪有什么流行色，我来
了两三年了，年年都是这个样子呵！

我在美国曾做过一次短暂的旅行，游历了美国东部的纽约、
华盛顿、波士顿等国际大都会，我一直都在仔细观察美国人的穿
着，也在寻找流行色，但我最终没有找到，在美国，根本没有所
谓的流行色。

一、不跟风的美国人

美国人岂止是不跟风，不赶时髦，而且显得非常守旧，出人
意料吧！

美国的高速公路很发达，在我国不知高速公路为何物的时候
就已经四通八达了。在辛辛那提市，车行不过几分钟就能并入高
速公路，许多条高速公路穿城而过。然而路面普遍不那么光鲜，
灰暗泛白，显得有些陈旧，还有的路段有轻微裂缝，但并不会影
响车速，也不会颠簸。这与我国漆黑崭新的高速公路形成强烈的
对比，中国是一个正在建设中的国家，许多路段开胸破肚，称整
个中国是一个大工地也不过分。只是我国高速公路的质量实在不
敢恭维，今年通车来年就会打补丁，或者干脆插上一溜小旗，摆
上隔离墩，路面还没来得及褪色变旧，却已翻浆塌陷，需要大规
模返工了。

辛辛那提是座美丽的城市，森林公园、教堂，还有童话世界
里才会出现的别墅式民宅，处处令我感到新奇，总喜欢多拍一些
照片。但镜头中的景物却被那些横七竖八的电线阻挡分割，绕不
开躲不开，找不着最佳角度，拍出的照片也是大煞风景。在美国
许多城市，即使在纽约、波士顿这样现代化的大都市，同样可以
看到天空上缠绕着乱纷纷的电线，这些电线与那些堂皇的建筑、
洁净的环境很不协调。

这让我想起了曾发生的美国大停电事故，好像是两次，在风

声鹤唳的美国，很容易让人想到恐怖袭击，但拉登们似乎没有这么大的神力，最后查明，是美国电力设备老化。

要说美国这么富有的国家，改造线路应该是小菜一碟，比如我所在的辛辛那提，顶多算个中等规模的城市，城市基础建设已经很到位，需要做的事情实在不多了，只有电线至今也没有改成。曾在电视中看过有关报道，说美国富有，那是相对的，美国电线的改造需要为数不少的资金；更重要的是社会制度，什么事情都要商量，高压线从谁家穿过，人家不让你过就过不成，还要天价的赔偿金。还是中国行政命令来得痛快，中国城市面貌日新月异，与动迁神速有关。商量来商量去，哪有那么多闲工夫！

市政建设如此，家居也不例外，美国家庭用的燃气灶火苗弱如香头，这与美国人的烹调习惯有关，所以美国家庭一般没有排烟罩，刚到美国的中国人非常不习惯。我曾到一个华人家里做客，还真见到了一个排烟罩，当地买不到，托人从纽约捎来的，是不带电源的那种，排油烟效果可想而知。有些华人家庭嫌煤气灶火力太小，改用电炉，但至今仍然使用那种耗电量非常大的电阻丝式的电炉，外观倒是挺堂皇，技术含量实在太低，哪里有我国的电磁炉先进？

美国人称房子为"豪斯"，一般中产阶级都有独栋的二层小楼。无论房子大小、新旧，装修大体差不太多，进门是一个非常大的客厅，与厨房打通，屋里铺着厚厚的地毯，客人进门没有换拖鞋的习惯，这里地面洁净，内外无别。沙发一般摆在屋子当中，这是因为美国房间宽敞的缘故。墙壁一般都是浅色的。那次去孩子老板家做客，由头是乔迁之喜。我仔细打量这个刚刚装修过的房屋，看不出与那些陈旧住宅装修风格有多大差别，可见美国人装修房子是多年一贯制。哪里如我们哈尔滨那样追风逐潮，人们装修房子并非因为陈旧坏损，而是过时，而且大动干戈，扒墙改门成风，如此花钱费力，追求漂亮、舒适和新鲜感，并非主因，更多的是满足一种虚荣攀比的心理，不能让客人看不起。这种赔本的买卖美国人肯定不干。

二、美国人的独立意识

美国人似乎个个成竹在胸，自我感觉无比良好。让他随随便便跟你走恐怕很难。所以在这里很难掀起什么风，东南西北风都没有，没有风哪来的跟风。经常听见美国人说 No，美国人敢于说 No，但从中国人嘴晨说出个不字就不容易了，磨不开面子。

1. 美国人的个性

我走在街上，经常观察周围的人群，美国人个子高，腿长，走路的步幅很大，很有弹性。表情也是千差万别，一般都是昂首挺胸，非常自信，蔫头耷脑的很少见。我喜欢和美国人交谈，为写一篇文章，我采访过几个美国人，与他们有过近距离接触。可以说，有几个人就有几种性格，而且差别很大：宛若修女般圣洁的玛丽，热情奔放的布鲁斯，清纯善良的塔米，酷似东方人一样沉静的艾琳……他们的特点是千人千面，很难把这一个与那一个混淆。他们交谈时的表情神采飞扬，或喜或悲，全写在脸上，说话时眉头在颤动，面部肌肉也充满着动感，再配以动作很大的手势和肩头耸动，感情的表达显然比中国人充分多了。但在倾听你说话的时候，表情十分专注，从不轻易打断你的讲话。这种交谈方式很容易让对方受到感染，气氛也会随之热烈融洽。

那次，我去采访一个领养个中国孤儿的中学教师布鲁斯，开门的却是一个白人女孩，七八岁的模样，我以为敲错了门。小姑娘热情地向我招手，示意我进门。后来才知道，这对夫妇还有一个亲生女儿。在整个采访过程中，领养的中国女孩紧贴母亲，不离左右，怯生生地打量着我们。但那个美国小姑娘却是大大咧咧，一屁股坐在我的身边，不时地插话，抢话，整个采访过程中，这个漂亮的白人小姑娘俨然成了中心。要是在中国，早让大人轰走了。

另一个采访对象是塔米，她也有亲生女儿，又领养了两个中国孩子，一男一女。在交谈的时候，两个中国孩子在一边玩耍，远离客人，但那个美国小姑娘却一直陪伴在我们身边，虽不大插话，却一直专心地听我们讲话，显然很感兴趣。母亲骄傲地对我说，别看这个小姑娘平时有些羞怯，但关键时候敢往上冲，那次在上幼儿园的路上，有个男孩子欺负她的小弟弟，她勇敢地站出来，居然把高出自己一头的坏小子赶跑了。

中国孩子与美国孩子的不同性格，似乎与生俱来。儿子说，美国的孩子好表现自己，唯恐被人忽视，特别是公众场合，"人来疯"的孩子不少。中国孩子却是属黄花鱼的——溜边儿，尤其是家里来了客人，小孩子肯定躲得远远的。

在美国出生，或长大的华人第二代，性格明显起了变化，无拘无束的教育在他们身上打上了深深的烙印。一位做大学终身教授的中国人对我说，他有个女儿，学习成绩非常好，正在读高中，与同学关系很融洽，更让父母欣慰的是孩子的中文说、写都不错，甚至可以看中国的电视剧，这在美国长大的孩子中并不多见。但教授的父亲来美国探亲的时候，对孙女很看不上眼，毛病一大堆，孩子兴趣太广泛，学习虽好，但仍然努力不够，不听话，你说她一句，她总有十句等着，最不能容忍的是竟敢顶撞大人，让老人很不受用。老人是在按自己儿子的成长轨迹度量孙女。老人回国后，参加过几次侨联活动，谈到在美国这边长大的孩子，这些老人无不慨叹摇头，没有一个认可的。

对于一个孩子的个性能否容忍可以看成是家庭琐事，但如果推及社会，事情就严重了。

我曾读过一篇《天才需要什么样的土壤——记束星北》的文章。对大多数中国人来说，这是个陌生的名字，在我国科技史上，基本没有他的位置。然而这是一个非常优秀的物理学家，曾启蒙了吴健雄、李政道这样世界一流的物理学家，当年被誉为"世界第一才子"，也被看成是中国人中最有希望获得诺贝尔奖的人。1979 年，中国第一枚洲际导弹需要计算弹头数据舱的接收和打捞最佳时限。有人推荐束星北。上级为此拨款 100 万元，束星北分文没要，一支笔，一摞纸，准确无误地完成了任务，当年他73 岁。航天学界轰动一时，天才还是天才！

然而这样一个天才却长期受到歧视、压制、监禁，抑郁一生。那次暮年的轰动，不过是雕虫小技，昙花一现。作为科学家，只能算做空白一生，虚度一生，个中原因就是其耿介的秉性。纵观古今中外的科学家、艺术家，但凡才气逼人，往往性格与众不同，否则也无法成为天才。要保护天才，就要容忍他们的个性，包括缺点。

2005 年 2 月 23 日《中国青年报》刊登了一篇《与诺贝尔得主共事》的文章，其中写道：几乎所有接触过美国哥伦比亚大学生物神经学家理查德阿克塞的人都感觉到他那超人的智力。但他的古怪也是出了名的。他每天穿过走廊冲着人们大叫"数据，有数据吗？"有时他会盯着你问："难道你没有什么有意思的事情告诉我吗？"此人从不注意社交礼节。他不会放弃任何一个奚落、嘲笑和贬低别人的机会。他经常会在和别人交谈时陷入深思，然而毫无歉意地走开。他会对一些问题做出这样的回答：这是我听过的最愚蠢的想法。

试想我们周围如果有这么一位，他会受到什么样的待遇呢？肯定没有好果子吃，嘲讽、孤立、冷落、打击必将接踵而至，好事一件也不会落到他的头上。房子分不着，职称评不上，提职更无望。说实在的，任何人如果成为他奚落、嘲笑的对象，都会受不了。但是，你可以不喜欢他，却没有不让他自由存在的理由。美国社会有这样的环境，这样的人可以自由地按照自己的方式生活和研究。

包容个性、鼓励个性、欣赏个性、享受个性，这就是美国人对个性的态度。

2. 美国人的独立意识

那年我从哈尔滨登机，经由洛杉矶转赴辛辛那提。洛杉矶机场不愧是世界最大的机场之一，飞机起落非常频繁，每一个跑道上都排着长长的一队等待升空的飞机，从登机口隔几分钟就会涌进涌出一波滚滚的人潮。在机场等候转机的时候，这样一个情景引起我的注意，一家五口人，两个大人，三个孩子，大的十二三岁，最小的不过四五岁，一人拖着一个拉杆箱子，人是一个比一个小，箱子也是越来越小，但人手一箱，没有一个空手的。最小的孩子走路还不太利落，但小箱子拽得倒是满溜的，方向感很好，是老手了。我当时感触颇深。我想起了我居住的城市，在上学的路上，白发苍苍的爷爷奶奶躬腰背着书包的身影，而孙子却是大摇大摆走得自在。

还有一次在麦当劳吃快餐，蘸薯条用的番茄酱是自助的。我看见一个五六岁的孩子摇摇晃晃地走来，用手吃力地去扳开关，人矮开关高，番茄酱注入纸杯的同时，也淋漓到杯外一些，我本想上去帮忙，却见餐桌旁坐着一对年轻夫妇，正对孩子投以赞赏、鼓励的目光，我明白了。

在美国人住家门前经常发现一卷卷的报纸，是胡乱扔在草坪上的，初看不明白，以为是广告宣传品之类。那天好事，拣起一份看了看，上面有铅字打印出来的详细地址，看来不是随便扔在那里的，应该是订阅的报纸。美国是这么送报吗？不怕雨淋吗？还好，报纸是用塑料布严密封好的。孩子告诉我，这是辛辛那提报纸的投递方式，电视早有报道：一些中学生担任报社的业余邮差，骑自行车送报，算是勤工俭学。有个高中生挣得了第一份工资，是辛苦钱，风里雨里不容易，爸爸把这张支票镶进了镜框，纪念意义很大，只是钱花不成了。

美国高中生打工是很正常的事，留学生小蔡在餐馆里打工认识了不少美国高中生，这些学生读到高三高四的时候，学校有意安排他们半天上课，半天打工，有在超市收银的、打包的，有去餐馆刷盘洗碗的，为了挣钱，也为了见见世面。孩子长到18岁是个坎儿，有的就会离家单住，自己挣钱读大学。也有一些中产阶级的家庭会出钱给孩子读大学，但读完大学后也就脱离了关系，当然只是经济关系，亲情是另一码事。

这与国内情况形成鲜明的对比。

有人说，中国的孩子是幸福的一代，因为他们的一切，除了吃饭，都有人替他们想到了，包办了。

最典型的事例发生在湖南的一个家庭，有个叫魏永康的孩子，13岁考进大学，17岁进入中科院硕博连读，这是个神童，引起人们的羡慕。然而万万没有料到的是孩子只读了两年半，就被中科院劝退，这让家长与孩子遭受了致命打击，似乎天都塌了下来，特别是家长，觉得再也没有脸见人。于是整天骂孩子，让孩子去死，致使孩子多次离家出走。我看了这则报道后非常痛心，痛心的是孩子智力表现与他的学位很不相称，木讷而又迟钝，求正常人而不可得，与神童更是对不上号。一个老师说得好，这个孩子的成长，成也母亲，败也母亲。孩子从小学到大学，母亲一直不离身边，孩子一直处在母亲的掌控之下，完全丧失了独立生活的能力，不知道与人如何交往，实际上已经成了一个废人。这是母亲一个根深蒂固的理念造成的：事业成功了，地位有了，身份有了，房了有了，车了有了，钞票有了，这时再花点钱雇个保姆照料他的生活，根本不需要他有什么生活能力。当问及孩子什么时候可以独立的时候，母亲斩钉截铁地说，我死了，他就独立了，并发誓把这种教育方式进行到底。世人皆说湖南人"蛮"，这位母亲可见一斑。

这则报道对国人的冲击力相当大。也许魏永康属于个案，有些极端，但其代表性却是不容忽视的，一个天才就这样断送在母亲的手中。

如果孩子只是缺乏独立生活能力，也许算不上什么大事，可以想办法弥补，影响也是有限的，但要是丧失了独立人格，缺失了独立思考的能力，事情就不那么简单了。往小了说是影响孩子一生的发展，往大了说，就是关系国家民族前途命运的大事了。

能够到美国留学的中国人堪称精英，学习刻苦，工作也很认真，但与美国学生相比并不占优势。在做某一件具体工作时，中国学生似乎占尽优势，美国学生逊色多了；但在总体把握和出思路上，就是美国人的长项。教授对中国学生，要把每项工作分解，分得很细，否则中国学生就会茫然无措，但美国学生用不着，人家方案有好几套，滔滔不绝地向你讲他的设想，自信心很强。所以在美国大学里，学科带头人大多数还是美国人，中国人并不多见。

中国的中学生在世界奥林匹克竞赛中囊括数学、物理、化学、信息科学的全部金牌，遥遥领先的地位无可撼动。按发展趋势，这些孩子应该个个前途无量，而中国的科技发展的前景更应光辉灿烂。可事实如何呢？据不完全统计，这些孩子到了成年，进入社会，走上工作岗位以后，大部分虽仍然堪称优秀，但与人们的期望值相距太远了，是什么原因使这些人的才气逐渐湮没了呢？

代表当代科学技术最高水准的诺贝尔奖，始终是全世界科学家追求的目标，当然中国科学界也不会置之度外，有一段时间，我们也曾热衷于诺贝尔奖，也曾雄心勃勃，准备发起冲击，但以后却拉了松套。迄今为止，还没有一个中国本土的科学家摘得这项桂冠。事实上，中国与这个奖项的差距不是缩小了，而是越拉越大了。按理说，中学时代的奥林匹克金牌成为将来的诺贝尔奖得主似乎更加顺理成章。但我们的希望落空了。原因是多方面的，但其中有一点是不能回避的，这就是独立思考能力。中国的学校采取的应试教育，扼杀了学生的独立思考能力，阻断了他们的创造性思维和开拓进取精神。

这种教育体制下培养出来的孩子基本是一种模式：在家听家长的，在学校听老师的，在单位听领导的，很少有主动进取的精神。

如果一个民族丧失了独立思考能力，那么当社会有个风吹草动之时，出现全民的狂热举动就不是偶然的了。

老一辈革命家陈云说过：不唯上，不唯书，只唯实。这是针对中国历史惨痛教训说出的警世恒言。短短九个字，字字千钧。说来容易，做来难，这里只说不唯上。中国人的王权思想一直很重，尊崇封建帝王，把国家的希望完全寄托在一位明君身上。这种观念在解放后，在新的历史条件下改变了吗？我看未必，中国人的帝王情结根深蒂固，只要看看那些充斥影视的帝王戏、辫子戏就一目了然了。

人们都不会忘记二战中惨烈的"珍珠港事件"。二战开始的

时候，罗斯福敏锐地捕获到战机，认为应该立即参加到二战中去。但美国人民和国会跟不上他的思路，不愿意卷入这场战争，认为与己无关，罗斯福无可奈何。后来珍珠港事件爆发了，美国吃了大亏，罗斯福的机会来了。就在事件的第二天，罗斯福总统就在国会中发表演说，对日宣战。最终，美国的参战使当时的世界形势大大改变，轴心国同盟国之间的力量对比发生了转折，并最终赢得了二战的胜利！

被称为"老狐狸"的罗斯福总统，其明察秋毫的洞察力在那个时代是超前的，按我们的标准，堪称一位"明君"了。但他的权威实在有限，美国人对最高统治者并不买账，从华盛顿到布什都一样。现在仍然有人在讨论，假如没有珍珠港事件，美国会不会参战。这是一个难以回答的问题，历史没有假设。但有一点是肯定的，说服美国国会的不是罗斯福，而是珍珠港事件。

也许有人说，应该赋予美国总统更大的权力，否则就会贻误战机。但我觉得，更多的时候，一个人的权力至高无上就会失去约束，就会失控。所以美国人对他们的领袖一直保持高度的警觉，人总是会犯错误的，只要他活着。他们只信任上帝，只有上帝才不会犯错误。这是一种理念，保证一个政府不会犯太大的错误，更不会在错误的道路上越走越远。想想中国的"大跃进""文化大革命"这些深刻的教训吧。现在回忆那段历史，不能把责任算到某一个人的头上，因为当时整个中国存在这种土壤。"大跃进"时代的"大炼钢铁"，粮食产量"放卫星"，如果说政治家不懂，一般老百姓不懂，但那么多专家、学者，包括我国顶尖级的大师、大科学家也一道深陷癫狂状态，他们在当时发表的文章，现在看来是多么可笑，这些文章白纸黑字，真实地记录着他们的思想轨迹。"文化大革命"更是一次全民族狂热，集体发烧，一种群体无意识集中爆发的标本。一个民族，如果缺乏独立意识，丧失了独立思考的能力，对某种潮流就会闻风而动，无法保证不会卷入下一次狂热之中。

3. 美国人的距离感

美国人无论是购物、登机、乘车，都有排队的习惯，这些都与中国人没什么区别，但排队秩序明显好多了，一窝蜂，一拥而上，在中国随处可见的情况，在美国我一次没有见到，美国人很有耐心，不着急，不上火，就在那里静静地站着。如果再看得仔细一点，队列稀稀拉拉，并非人挨着人，而是有很大间隔，距离甚至超过一个人的身位。

美国人类学家爱德华·霍尔把美国人在不同场合下对不同的人、为了不同的目的而进行的语言交际概括为不同的四种距离。违反常规就会被误解或者令人生厌。

（1）密切距离两者相距18英寸。

（2）私人接触距离者相距在18英寸到4英尺之间。

（3）社交距离两者相距在4英尺到12英尺之间。

（4）公众距离双方应在12英尺以上。这种距离主要适合于讲演者与听众之间、表演者与观众之间等完全不带个人情感的环境与场合。

美国人的距离感让我想起一个流行很广的故事：在寒冷的冬天，一大群豪猪挤在一起，因为凑在一起可以靠对方的体温抵御寒冷。但当身体贴近到一定程度的时候，豪猪身上又尖又硬的刺就会扎到对方，疼痛使它们立即分开。但分开后，又会感觉寒冷，只好又挤到一起。最后，豪猪之间终于找到了一个适当的距离——既能感受到对方的体温，又能避免被对方刺痛。

美国人之间的相处方式与此颇有相似之处：这就是距离。身上的"刺"是个人利益；保持距离的方式是礼貌、诚信和尊重彼此的个人权利。

确实，在美国与人友好相处并不难，没有中国人那么多说道与"潜规则"，但做到亲密无间并不容易。美国人不喜欢下班后摆酒局，大多数人下了班即回家，回到自己宁静的小别墅，躲进小楼成一统，也许这样更安全，更符合自己的兴趣。周末的时候，又是一家人出外野餐，吃烧烤，享受大自然的乐趣。美国人都有很大的私人空间，陌生人如此，朋友亦如此，哪怕是亲人、父子、夫妻也是如此。所以美国人之间属于隐私的东西是不能问的，比如中国人挂在嘴头的话，挣多少钱，多大岁数了，你买的股票跌了还是涨了？在美国是不能随便打听的。

我的孩子已经在美国一家公司工作两年多了，与同事关系相当融洽，也能谈得来，但只是同事关系，公事公办，并无什么私交。如果在国内，年轻人这么长时间的相处，早已呼朋唤友、打成一片了。

我曾问过孩子，是不是中国人难以与美国人相处，孩子说当然有关系，但美国人之间关系也大多如此。

不过孩子与周围的中国同学关系是另外一回事了——非常密切，读书时如此，走上工作岗位仍然同样，虽然他们已经劳燕分飞，散居各个城市，但来往仍很密切，不光是电话和电子邮件，而且一到逢年过节，彼此都有走动，举家到同学家里做客，连吃带住好几天。我见过同学到孩子家做客的照片，那次至少有10个人，床上、地板上都睡着人。这是孩子精心选择的一张照片，让我有些感动，在遥远的美国，孩子并不孤单，中国人好客的传统在孩子们身上不但没有改变，反而有所加强，甚至发扬光大。

孩子们的这种状况让我想到下乡时期，所以有人说，出国也是插队，叫洋插队。我曾在黑龙江兵团下乡，那时的知青非常讲义气，可以达到生死相托的程度。同学从外连队来了，两人就会挤在一个被窝，之间有唠不完的嗑儿。关系好得两人穿一条裤腿都嫌肥。上海知青的睡姿最怪，两人一颠一倒，我很奇怪：你不嫌他的脚臭吗？上海知青回答，脸对脸更受不了——其实这也是保持距离。

这一点也像人们过去住过的大杂院，你给我端一碗饺子，我送你一罐蜂蜜，走得很是近便，后来搬进楼房里，邻里之间关系变得陌生起来，住个三年两载，邻居家有几口人都说不上来。由亲密到陌生，人与人拉开了距离，是社会的进步，还是人情的冷漠，不管如何，这是社会发展的必然趋势吧。

4. 美国人的利己主义

美国法律保护私有财产，个人利益神圣不可侵犯。

美国人并不掩饰自己的自私自利，这不是什么丑事或见不得人的事。小到个人，大到国家，都是这样。20世纪70年代初尼克松访华时，曾对周总理说，我们是代表美国人民的利益而来的。所以美国当今在国际上所做的一切，别管打着什么旗号，都是以美国国家利益为最高准则的。美国总统绝不可能做出匪夷所思的蠢事，拿损害国家利益不当一回事，这个总统是民选的，选民可以让他做总统，也可以让他下台。

因此，与美国人交往要坚持利益至上的原则，没有共同的利益就不可能产生共同的友谊；没有双赢的结果就不可能成为真正的朋友。

美国这种个人至上或者说个人利益至上的人生观历来为我们大加挞伐，在我国个人主义是见不得人的丑类，"文革"前，一个人一旦犯了错误就会说，是个人主义思想在作怪。直到现在有的贪官在披露自己堕落历程时也会说，受资产阶级个人主义思想的腐蚀等等。我们社会一直提倡的是大公无私，公而忘私，斗私批修，狠斗"私"字一闪念，容不得一丝一毫的个人主义。

我不久前采访过一位省劳动模范，是个纯净如水晶的老工人，职业是电工，50多岁，文化不高。在平凡的工作中干出了不平凡的业绩。一天他的老伴儿发高烧，老伴儿央求他请个假，陪她去医院看病。他当时有些犹豫，但一想到有那么多工作等他去做，那么多用户在等着他排忧解难，他没有答应老伴儿的请求，硬着心肠，毅然决然带着工具上班了。在班上，他再一次接到老伴儿的电话，说实在挺不住了，老伴儿气息微弱，还掉下了眼泪。但他再一次拒绝了老伴儿，坚守岗位，直到下班。还是好心的邻居把他的老伴儿送到了医院。听到这里，我心里很不是滋味，我说，好像不是这个道理，你的工作别人可以代替，你完全可以请假，但你老伴儿没人陪伴是不行的，还可能有生命危险，你说哪头更重？他说，个人事儿再大也是小，公家事再小也是大。当时陪同我采访的是这个单位的党委书记，他说，这种时候，应该以老伴儿身体为重呵！但这个劳模非常固执，梗着脖子

说，我当时就是这么想的。事后，书记对我说，这是老一辈劳模的真实思想，可我们再不能这么宣扬了，倒是该进行一些人文主义教育了，这是我们思想工作者的新课题呵！

这位党务工作者是明智的。

有一篇获奖小说《山中，那十九座坟茔》。其中有这么一段描述令人心动：在清理一位烈士的遗物时，发现他的日记中抄录了一段毛主席语录：一怕不苦，二怕不死。这位新闻干事以为自己看错了，又以为是烈士的笔误，但联系到这位烈士生前所为时，一股凉气突然从后背袭来，难道这不是烈士的真实思想？唯恐不苦，唯恐不死？那么个人利益，包括宝贵的生命真的贱如尘土草芥，微不足道吗？

我下乡时的兵团出了不少烈士，以扑救山火牺牲的最多。他们是高喊着"下定决心，不怕牺牲"的口号从容赴死的，还有为了抢救军马，捞电线杆牺牲了年轻生命的，想起来就让人心痛，他们的死值得吗？还有比生命价值更高的吗？

说来说去还是对人的尊重，对生命尊重的问题，正如那位书记所言，该讲一讲人文主义了。

"文革"前盛行这样一个响亮的口号："祖国的需要就是我的志愿"，其实这种口号是经不住推敲的，生硬的，现在已经被"双向选择"所取代。人是有血有肉的生命，不是一颗"永不生锈的螺丝钉，拧在哪里就在哪里发光"。更不是什么"驯服工具"。如今一个人在应聘新工作，或者涉及工作调动的时候，无论面对私企还是国家机关，都会明侃自己条件，或者是开价，包括收入、福利、个人的兴趣、擅长、发展。对个人权益要据理力争，光明正大。要是在"文革"前，反天了，这不是公开向组织讲条件吗，这不是向国家讨价还价吗？

在出国留学问题上，邓小平提出了"支持留学，鼓励回国，来去自由"的方针，显示了一个大国政治家的气度。这在"文革"前是想都不敢想的事情，几顶大帽子早扣过来了。

个人主义无疑是美国人的人生观，有人不禁要问：如果全社会都是个人利益至上，那么这个社会将会变得多么可怕呵？可是这个社会运行得没有我们想象的那么糟，而且运行得蛮不错。美国社会也崇尚英雄，崇尚献身精神，也同样有"学雷锋"，这与尊重个人利益并不矛盾

其实，每个人都在维护个人利益，社会同样会找到一个平衡点，和谐关系也会相伴而生。美国的个人利益至上，不是单向的，而是双向的。看好自己这堆这块，别人的奶酪千万别动，维护自己的利益，并不是以侵害他人利益为前提。

我倒觉得这种行为规范更具可操作性。就人的本性而言，都是自私的，无论是中国人还是美国人。剿灭个人主义正如拔掉豪猪身上的刺，会危及豪猪的生命，乖巧的豪猪会让利刺偃伏，并隐藏起来，平时不被发现，必要时候就会竖起扎人。而那些老实的豪猪，如果真的把刺拔掉了，到头来只有吃亏挨扎的份儿了。

毫不利己，专门利人，深究起来是靠不住的，谁能做到？耶稣、释迦牟尼、圣人、南丁格尔……也许能做到，但不要指望普通的芸芸众生都会真心实意地去履行实践。老百姓都有自己的小算盘，要生存下去，这已经是可以退守的最后一块阵地了，再不能舍弃了。怎么办？只好把自己包装起来，心里的话是万万不能往外说的，说出来的话保证不是心里想的。所以人变得很虚伪，不诚实。如果只是属于人际交往，虚头巴脑的人少理他就算了，但要成为一种社会风气，而且成为主流的时候，就非常之可怕了。张口没一句实话，谎话连篇。我想"假大空"的源头应在这里。违心地说话做事心里并不舒畅，而是非常痛苦，活得很累。

1958 年的"一平二调"，"大锅饭"造成的灾难，验证了蔑视个人利益的严重后果。改革开放，农村的联产承包，使这种被忽略不计的个人利益得到尊重，并堂而皇之地摆到桌面上来，因而就极大地调动了农民生产的积极性，农村面貌大为改观。建国以来长期困扰我的痼疾——温饱问题，在两三年内基本得到解决。然而，改革开放一方面解放了生产力，另一方面也使人们的私欲得到了充分释放，迅速膨胀，继而成为脱缰的野马。物欲横

流，道德沦丧，无所节制。30多年来，辛辛苦苦构筑的信念大厦，顷刻倒塌。

看来，理想、信念的大厦必须重建。当然，这种大厦要找准一个根基，找到个人利益与他人利益。集体利益乃至民族利益的平衡点，唯其如此，这样的大厦才会牢固。

结束语

前不久，孩子回国探亲，我们一起去过松花江畔，还是在盛夏季节，还是在柳荫下的长条椅上浏览游人。今年的姑娘们穿什么？连衣裙退出人们的视野，少说也有一两年了吧，时下流行什么？好像是长裤，是那种半长不短的六分裤、七分裤，随意而潇洒，长腿细腰的哈尔滨姑娘，穿什么都受看。我问孩子，美国人今年穿什么？孩子说，还那样。我问，T恤牛仔？孩子答，没变。美国人在跟风逐潮上确实有点儿犟。

美国人的独立性，鲜明的个性，人与人之间的距离，以及他们以自我为中心，导致了他们喜欢独处，他们大多数时候是跟上帝在做内心交流，很难打开心扉与别人诉说。

美国人是孤独的。

我见到的美国人是个体，是一个人。中国人的个性远没有这么鲜明，人与人之间的差异是模糊的，所以中国人是以群体而存在的，是一群人。

普莱直销中心

在美国探亲即将结束，这个星期六，我们驱车去了100多英里以外的一个地方，名字叫 prime outlet，中文的意思很不明确，琢磨再三，姑且称之为普莱直销中心吧。

车子在高速公路上狂奔，道两旁是深秋的树林，层层叠叠，很像国内的五花山，非常鲜亮，上面就是湛蓝的天空，这是一年中最凉爽的季节。

车子行驶了一个小时左右，出现了一大片建筑群，这就是我们此行的目的地，这是一个大型商业中心。我问孩子，这里前不着村，后不着店，离城这么远，谁会来买东西？

孩子说，看看再说吧！

四面星条旗在空旷的广场上飘扬，商业中心前面是一个停车场，好大一个停车场！美国的建筑不管规模大小，一个相当大的停车场是必备的设施。正如美国其他超市一样，没有楼房，只有一大片平面建筑。

这是由一家一家的专卖店组成的庞大商业区，每一家专卖店都代表一个厂家，是一个厂家的直销门市部，也是厂家的展览中心，比如世界上赫赫有名的耐克。

也许是商家的经营策略，也许是厂家直接销售，这里的价格比一般超市便宜许多。我们出入于一家家的商店，游弋于商品与人流之间。商品十分丰富，有鞋市，而且不止一家，还有玻璃器皿、服装、玩具、工艺品、珠宝等等。

这里的耐克鞋相当便宜，最贵的不超过 60 美元，国内动辄就要上千元。因为要回国，顺便挑了几双。

看这个远离市区的商业中心如此繁华，顾客如云，我非常惊异，为什么要在远离市中心的地带建一个商业区？这么多厂家云集一起会不会出现激烈竞争，他们为什么能够和平共处？

常言说，同行是冤家，一条街上开了一家饭店，街坊四邻都去吃饭，可能生意兴隆，顾客云集；假如街上又打出一个幌子，而且经营同类饭菜，那么生意就要大减，因为小街客源有限。于是店主就会想方设法争取客源，包括常规的，比如提高服务质量，提高花色品种，降低价格，扩大宣传等等，也有一些就不那么正大光明了，甚至有点儿下作，比如诋毁对方，破坏对方的声誉，如此说来，两家饭店是你死我活的关系。

当代商业经营理念已发生了重大变化，变化源于顾客流动性的加大，交通的发达，生活节奏的加快，因而导致人们消费观念也发生了重大变化。在美国，人们只能在周末逛一次商店，去之前要在心里仔细筹划，哪里商店最多，商品最齐全，价格最便宜，肯定列为首选。这家买不到，还可以去另外一家，如果是商业群，那就更加理想了。假定某处只有一家超市，规模再大，大老远去一趟也不合算。也许有人会说，这些商家是由于经营了不同类的商品而各自占领市场，那么经营同类商品呢？近几年国内兴起了各种同类商品集中的商业街，深受顾客欢迎，比如建材一条街，比如电子大世界，比如鞋城，这些成规模的经营把商家吸引到一块，竞争当然存在，但已经不是互相抢夺生意，更不会想方设法挤垮对方，而是互相借势，共存共荣。由竞争而为共存，不能不说是商业经营的一大进步，这也符合现代生活的理念，既然做买卖的双方不再是尔虞我诈，也不是你输我赢，甚至是你死我活，那么完全可以做到双方赢利，共同发财，因而也就皆大欢喜，当然最受益的还是顾客。

普莱直销中心位于距辛辛那提市的100多英里处，与俄亥俄的州府哥伦布、另一城市代顿距离大致相等，建店的位置是经过精心选定的。这家超市的建立给三座城市带来了方便，当然三座城市又是超市的衣食父母，商家与顾客也是共生共荣的关系。

当然像普莱直销中心这种模式也有它的局限性，辛辛那提地处美国中部偏东，人口稀少，塞车较轻，距城市遥远的超市很受人们青睐。但美国的西部与东部发达地区就另当别论了。城市公共交通发达，地铁四通八达，城市商业比较集中，在市区购物已经相对方便，再加上道路拥挤，长距离驱车使人望而却步。

我眼中的美国教授

我第一次参加 Party 是在孩子"老板"的家里。老板是什么概念？一般称生意人为老板，后来，把主事的、领导、单位的头头都叫老板。美国大学里也有老板，就是导师。我原以为是调侃，后来才知道不是叫着玩的，导师不光传道授业，还是学生的东家，发你学费工资，管着你的饭碗，老板称谓名至实归。

那天儿子接到老板的正式邀请，同时得到邀请的还有我们老两口。宴请出师有名，教授乔迁新居。这是我第一次到美国人家里做客，觉得很有趣，也想看看美国人的家居、规矩和习俗。

美国人请客似与中国不同，特别是人多的时候，客人不会空手去，也要带一些自己制作或买来的食品。最好要备上一件礼品，但美国送礼是有限度的，礼仪性的，价值一般不超过 10 美元，高了性质就变了。

为了赴宴，儿子到中国店买了一些食品，如有中国特色的包子、粽子、月饼之类，我从国内带去的"中国结"正好做礼品。

美国人很守时，约好几点钟见面，既不能早也不能晚，早了晚了都不礼貌。

导师家位于一个非常漂亮的小区，一家住着一幢独立的三层小楼，陈设很是豪华、气派，住这样的房子足以证明这是个成功人士。他年龄已经超过 50 岁，腰板挺拔，脸色粉红，说话嗓音洪亮，底气很足，只是头发有些花白和稀疏。我们刚交谈了几句，就被后来的宾客打断了。据儿子说，今天来的客人有老板的同行和学生，还有他的各界朋友。

那次宴会很热闹，只是吃的东西难以下咽，特别是带馅的，说不清是什么味道。看来世界各民族食品的差异太大了。

在美国待了一段时间，对终身教授这个职位有了深刻的印象。美国终身教授是一个很难得到又备受尊重的职位，也是许多中国留学生梦寐以求的职位。收入丰厚，福利待遇也好。最令人青睐的是"终身"二字，是名副其实的铁饭碗，一旦获得这个职位，谁也无权解聘。用不着看校长或系主任的脸色行事，有着最大的自由度。最近在国内一家报纸上看到这样一篇报道：一个教授对"911"事件做出完全不同的解读：把恐怖分子视为"壮烈牺牲"的"战斗队"，还出版了一本书，名为《恶有恶报：对美帝国傲慢与罪恶后果的思考》。这在美国自然引起公愤，各界无不咬牙切齿，受难者的家属甚至扬言要杀死他，州长也要把他"请"出学校。但他仍然我行我素，居然还在任教学校举行了一次演讲会。在美国还没有把终身教授开除的先例。大学教师类似于联邦法官的"行为良好便终身任职"的终身制，目的就是为了保证学术自由，就好像法官的终身制是为了保证司法独立一样。在美国，再没有第三种人有这种待遇。

据孩子说，他的老板脾气很大，许多学生都有领教，但老板很有名气，课讲得好，做研究很有一套。尤其令人称道的是做事大气。出于个人的爱好，孩子半道转了专业，这是很卷导师面子的事儿。当孩子犹豫再三说出自己打算的时候，老板显然没有精神准备，他让儿子好好想一想，过一个礼拜再做决定。后来他顺利放行，还为孩子写了很好的推荐信。

孩子的室友也是同一个老板，刚到美国两个月就请假回国，老板非常恼火，工作学业不说，奖学金是老板出的。虽不情愿，但还是准了假，没有找学生任何麻烦，师生关系一直不错。

转眼儿子转专业有两个月了，有天晚上接到一个电话，是他原来同组的西班牙同学打来的，请他明早回实验室帮忙做实验。孩子平时要睡到八九点才去学校，这天7点钟就去实验室了，头昏脑涨，心里也不痛快。让他意外的是，老板早已等在了实验室，道歉和感谢的话说了许多，那些不快立刻消失了。事后孩子告诉我，哪件事是你分内该做的，哪件事是求你帮忙的，老板分得很清楚，很有人情味。其实老板就是手把手地教他今后在社会上怎么做人做事。

我有幸接触了几个在美国做终身教授的中国人，很年轻，很有朝气，在学术界有很重要的地位，有的在世界顶级刊物上发表了论文，其中没有一个所谓书呆子型学者，他们要领导一个实验室，保持专业的领先优势，带好研究生，还要协调上下左右的关系，申请科研资金，个个都是社会活动家，人品也好，与他们的职位很相称。

寅吃卯粮

攒钱是大多数中国人的习惯，是节俭，是美德，也是国情所致。当然更有实际需要，就是我们常说的，攒俩过河钱。因为中国当前起码要过这么几条河：买房子、看病、养老、孩子上学，这几条河宽没边，深没底，令人望而生畏。

但如果这几条河都过去了，连火焰山都甩在身后，可中国人还是爱攒钱，这就是民族传统与消费观念的问题了。

中国人最看不起这种人，寅吃卯粮，大手大脚，拉一屁股饥荒，觉得这种人很可怜，很可恶，也很靠不住，不愿跟这种人打交道，像贼一样防着，就怕他张口借钱。20 世纪 60 年代，连国家都在讲既无外债又无内债，作为一种政绩，骄傲地昭示于全世界。

其实攒钱与花钱是人们对未来的一种预期，是对自己信心的评价。

中国人攒钱还可能是为了留给儿子，留给儿子的儿子，但美国遗产是要上税的，百分比不低，大头让国家拿走了，把钱留给儿女是笔赔钱的买卖，所以美国许多富翁都选择捐给社会。

我在美国感觉借债是美德，也许有人说，靠借债过日子，不指责就不错了，何来夸赞？因为没有信誉是借不到钱的，能借到钱起码说明你的信誉记录良好，良民一个。至于寅吃卯粮，是一种正常的消费行为。是今天花明天的钱，一切都用现金，一次付清倒不正常了，也真做不到。

有个留学生，两口子找到工作的当年就买了一套 House，30来万美元，不仅令我这个刚到美国一个月的人感到吃惊，就是他的同学也得消化好一阵子。一栋独门独户的小楼，门前有草坪，房后有池塘，远不是中国人眼中的小康了。可一打听，房子全是贷款买的，要还 30 年，就连首付的钱还有一半是向同学借来的。

我和这个同学交谈时，他说，按中国人的消费观念，可能要攒足了这 30 万美元才能去买房，那么我必须等到老得动不了的时候才能住上这幢大房子，可惜那时对住什么样的房子已经没有兴趣了。因为贷款期限是 30 年，我至少可以提前住 30 年，趁感觉灵敏的时候好好感觉一下，享受一下。而且，30 年之后这套房子也归我所有了，是一笔不动产。即使中间我换了房子或者搬到了另一个城市，这套房子也是可以转让的。

当然他的消费并非穷奢极侈，而是建立在还款能力之上，他说，以他两口子的收入，扣除税款，他们还这些贷款是绰绰有余的。其实不光房子是贷款买的，家具也是同样，在买房子的同时置办了一套同样豪华的家具，当人们问他多少钱时，他说两万多美元吧，别人听了咋舌，他却说不贵，一个月只要付二三十块钱的利息。他笑着对同学说，你们攒钱吧，一个铜板一个铜板地攒，都给我留着，到时候我找你们借。

他不但买房，还非常喜欢旅游，而且是喜欢那种花钱买罪受的旅游，自己驾车，住帐篷，挨冻，徒步走很远的路，来美国不过五六年时间，却已经游遍了少半个美国。这个小伙子的观念已经融入了美国社会。

这是个快乐的小伙子，他的快乐很能感染周围的人。

我也曾想过，一种消费观念的形成除了个人的性格以外，最重要的还是社会保证与整个金融的运行机制。

比如，美国的信用制度。在美国可以一卡走天下，用不着现金交易，信用卡可以透支，更可以贷款，这就需要你有良好的信誉，没有不良记录，这是你的立身之本，与你的生命同等重要，那种不珍惜自己信誉的人在这种社会上很难生存。另外最重要的还是良好、完善的社会保障体系。享福比受罪舒服并不需要别人提醒，但如果没有充分的社会保障，谁也不可能潇洒得起来，就像我前面提到的，你退休后生活没有着落，你买房子没有钱，你孩子没钱上大学，你没钱进医院，如果这些东西压得你透不过气来，你还能大把大把地花钱吗？

然而最近美国发生的次贷危机，却给寅吃卯粮这种观念一记闷棍。一时间风声鹤唳，一些业主因还不起贷款而被扫地出门，一家家金融机构破产，美国最大的投资银行雷曼兄弟的股票一天之内缩水95%，第二天即宣布倒闭。美国的次贷危机引发了全世界的金融危机。

当世人纷纷把矛头指向危机之源的同时，对美国的信用制度也提出了质疑。确实美国的房贷制度存在着严重漏洞，比如贷款门槛太低等等。

金融危机对人们直接的影响是失业，许多行业都在裁人，美国失业率创了新高。

我在美国探亲时与儿子说起此事，儿子说行业之间不太均衡，他所处的行业受冲击不大，稍有遗憾的是，房子买得早了一些，没有抄到底。

参加 Party

Party 这个单词在中国留学生中使用频度非常高，按字面解释，就是社交会、政党之意，国内习惯翻译成"派对"。

据说 Party 有很多种，但我宁愿把它理解成聚会，但聚餐更直接，因为参加过的 Party 都是聚餐，只不过是美国式的聚餐，与中国式的聚餐差别很大。

在读书和下乡时因为物资匮乏，平时吃不好，聚餐就是放开肚皮，饱餐一顿的意思，哪一天聚餐，哪天就是盛大的节日。后来也经常参加聚餐，单位的全体同仁全部出席，有特定的含义。聚餐与饭局不是一个概念。饭局规模小，而且有选择性。请人参加饭局叫"码人"，这是黑龙江土话。"码人"是个苦差事，谁都不愿意干，码来的人都是给足了你的面子，码不来人，又会很丢面子，如今谁也不缺这顿饭。

我之所以把 Party 称为聚餐主要还是其规模，这一点与中国相似，或者比中国的聚餐规模更大，但有一点却极不相同，只有组织者，没有买单者，或者说买单者就是自己。

这种说法可能让人摸不着头脑，聚餐自己买单是不是 AA 制，非也。

比如那次我参加一次儿子和同学们的 Party。

这是一次野餐，为此儿子整整忙了半天，他不是组织者，只不过是个参加者。到超市买东西，回家后再做简单加工。因为参加者都是中国人，准备的都是平时喜欢的中式饭菜，然后装在一个叫库勒尔的箱子里，再放上冰块。举办一次 Party 同学之间是有分工的，谁带什么饭菜也是事先约定的。

这次 Party 是到郊外一个公园里举办野餐活动，吃烧烤。

参加这次野餐的都是同学或是同学的同学。有两对儿同学是早晨从纽约和匹兹堡赶来的。

早晨，住得近的几家聚在一起出发了，大约过了半小时，来到了白水公园门口，这时七八家人已经凑齐了。在公园门口，一个挺和善的老头收门票，很便宜，象征性的，然后给你一本花花绿绿的印刷材料，大致是宣传景区的。

我们先到了一泓水边，是个很大的湖泊，水非常清，岸边有一群鸭子在闲逛琢食，见有人来，围在你周围嘎嘎乱叫，讨食吃，只是宣传牌上明令不准喂食，怕它们的野性退化，我才知道是野鸭子。试着轰了一下，有几只扑棱棱地飞走了。我们在水边留了几张影，正好有两只大天鹅游了过来，真是个好背景，同学们纷纷跑过来，与天鹅留影，这两只大天鹅很通人性，竟长时间地在水边游来游去，与我们凑趣，直到大家拍照完毕，它们才恋恋不舍地远去了。

我们找到一个亭子，准备做烧烤。

美国公园里都有这种设备，一个亭子，一个烤炉，一个家庭或几个朋友到野外聚餐，非常方便。后来得知，学生之间的Party很多，但工作以后，这种形式的聚会就少了许多，人们还是会到公园里吃烧烤，但这时已经是以家庭为单位了。美国人的家庭观念很重，基本都是模范丈夫，到点就回家。中国人如此，美国人也如此。

学生们从袋子里把木炭倒入烤炉内，木炭有点儿像中国的机制煤球，又倒上油，但这时才发现没有火种，这么多人竟没有一个烟民。这些人仗着自己有车，就想用车把纸点着，然后引燃烤炉。但均未成功，只好到很远的地方买来一盒火柴，点火后却只是呕烟，很长时间才能点着，看来都是生手。然后他们在一块似炉箅子一样的东西上铺上一层箔纸，烤上了许多东西，有肉饼、鸡翅、玉米、香肠等。

每家都自带一些食品，有饮料，有虾片、薯条、水果等等，这些东西摆在一起非常丰盛。吃起来也是各取所需，我喜欢吃的东西并不多，只好吃些虾片之类。吃完饭后，有人打牌，有人打羽毛球，玩飞盘，有人还带来一个遥控摩托车，很多人抢着玩，只是在草丛中跑不起来，总是翻车。

烧烤是美国人的主要烹饪方法，野外烧烤更是美国人休闲的一种方式，饭后孩子带我们往森林深处走了一遭，景象大同小异，能做烧烤的炉子、亭子还有好几个。紧临我们的一个亭子更大，可以容纳二三十人，这个亭子里的人更是随意，有的带着睡袋，在草坪上一铺就躺下了，还有的干脆躺在草坪上，我和老伴

儿穿着一双雪白的旅游鞋，一天下来，纤尘不染，方知这里的清洁程度。说句实在话，在这个城市从来见不到灰尘，多少天也不用擦一次桌子，走在街上，看见凳子，可以放心大胆地坐，不用担心上面有浮土。车这样多，却从来感觉不到尾气的气味。真是难得。

后来参加过许多次 Party，有同学之间的，有参加老板乔迁的，工作后小区之内朋友的，最大的一次是参加美国领养中国孤儿家庭中秋晚会，那次参加者至少有一二百人，但就餐方式同样，自己带上一份饭菜，开餐的时候，津津有味地尝着百家饭。在那次聚会上，我与组织者约定了采访计划，最终撰写了报告文学《黄孩子，白妈妈》。

没有围墙的大学

辛辛那提大学是一座历史悠久的州立大学，校园面积很大，但在美国只能算是中等规模。

这所大学我第一眼就觉得很特殊，特殊在偌大校园竟没有一座围墙。在哈尔滨，我住在一所大学校园之内，我清楚地记得，这所学校本来有高高的围墙，在某一年的某一天，所有的围墙都被扒掉了，但接着又建起了围栏，哈尔滨所有大学都是圈在围栏之内的。而且重建了校门，校门的设计很讲究，有正门、后门、侧门等。在学校居住，开几个门是必须弄清楚的，否则就会绕很大远儿。

辛辛那提大学没有围墙，没有校门，只有不及人高的一段矮墙，上书大学校名。大学有一座标志性的建筑，一座高高的尖塔，塔尖有一个横躺的小人。原来以为这是辛大特有标志，后来发现美国很多大学都有这样的建筑。

我们居住地离校园很近，每当夜静更深，大学里的自鸣钟就会敲响，悠扬的钟声随风飘荡，其实白天同样有钟声，只是不被人们觉察而已。

由于没有围墙，校园可谓四通八达，从任何一个地方都可以进入学校，也可以从任何一个地方走出校园。没有校门就没有传达室，也没有警卫，没有人盘查你的证件。你在一天中的任何时候都可以自由出入校园。

进入校园就像进入了花园，到处是盛开的繁花，到处是碧绿的草坪，平时校园非常安静，你随处可以看见过路的松鼠，它们并不怕人，有时倒挂在树上，定定地瞧着你，半天也不动一下。校园里的大楼给人一种非常厚重的感觉，一般超不过10层，这就是学校的风格。

那时孩子在校园附近租房住，微机上网很不方便，于是我就背着电脑去学校阅览室，这所大学校园之内任何地点都有无线网信号，上网非常方便。

由于常来常往，我对这所大学的路径逐渐熟悉起来。

辛辛那提是座山城，在到达机场的那天晚上我就感觉到了，灯光是分层次的，非常有特点，这种特点也表现在学校的每一座楼房之中。本来你是在平地进入楼门的，等你出来的时候，却发现已在三楼之上，走出楼门需要乘电梯，让我倍觉新奇。你可以自由进入每一幢楼房，没有人干涉你。据说，辛城市政府同样可以自由出入，有一次一个人内急，就进入市府大楼方便一下，这种事情在国内，不用说政府大楼，任何一个单位也不会让你随便出入的。

更让我惊奇的是，大楼里每个房间都是不上锁的。你可以走进学校的教室、图书馆，甚至可以进入学校微机房，随便使用里面的微机。这让我非常意外，这里的微机配置非常高档，在当时已经全部配置17寸的液晶显示器。不知为什么，坐在那里，我竟然感到十分不自在。难道这几十台微机就这么明晃晃的摆着，真的不怕丢失吗？

其实大学校园不设围墙不仅仅是辛辛那提这所大学，那次我去波士顿，进入哈佛、麻省理工的校园，既找不到围墙，也找不到大门，甚至连个学校标志都很难寻觅，在留影时，为了显示学校的标志颇费了一番功夫，最后还是在一个新生报到的指示牌中找到了 MIT 的字样。

我曾查询过世界大学排行榜，除了寥寥可数的几所国外大学，榜首几乎全被美国大学占据。可以说，美国前 300 名的大学质量都是相当高的。

究其原因，可谓仁者见仁，智者见智，此类文章可谓多矣，美国大学不设围墙，这是有形的，是能够被你看得到的，其内涵显示着美国教育的开放性。

根据 2008 年 10 月统计数据，截至 2008 年 9 月 30 日在美国境内共有 1123321 名国际留学生及交换学者（包括家属）。经过认证的可以招收外国学生的学校有 9542 所，其中 F1 身份及 M1 身份（非学术或职业学校学生签证）的学生有 773077 人，J1 身份的学者有 220415 人。可谓国际留学生及交流学者"世界之最"。其中韩国留学生人数最多的，大约为 115852 人，约占总人数的百分之十五，其次则是印度留学生（约 10 万）和中国留学生（约 9 万）。

这是说学生，那么教师呢？清华大学校长梅贻琦曾经说过："大学者，非大楼之谓也，大师之谓也。"不幸的是，我们近年来大学却是像比赛一样盖大楼，以致资不抵债，有的学校竟濒临破产。虽然我们也有那么多博导，但真正能称为大师的有几个？一些大学校长忧心忡忡地说，改革开放这么多年，中国大学离世界一流大学和离诺贝尔奖，不是越来越近，而是越来越远，原因很多，但师资力量薄弱是最根本的原因。

美国大学的教师与留学生一样，也是来自世界各地。最近一个朋友的孩子留学美国，被许多一流大学录取，如哈佛、斯坦福、康奈尔、哥伦比亚等，在与十来位教授接触过程中得知，美国本土的教授只有一位，其他是印度、中国、韩国、阿拉伯等非美裔人。我听了他的叙述，感觉非常吃惊，继而又想，这些五洲四洋的精英聚集在一起，想不先进也难。

也说上进心

曾看过一篇写父亲的文章：父亲喜欢养鱼，做很大的鱼缸，换水换气，测水温，很忙，很上心；而且养猫，养很多的猫，给每只小猫起名字；还喜欢做望远镜，是那种高倍数的望远镜，夜深人静的时候就那么一动不动地仰望天穹。但工作上似乎追求不大，干得好坏不说，起码他同期的大学毕业生都比他混得好，职称评得高，官当得大，钱自然也挣得多。做儿子的走在人前人后总觉得很没面子，但父亲自己却浑然不觉，自得其乐。后来，儿子参加了工作，是个外企，收入不错，算是白领吧。经常出国，到过许多国家。在美国，他发现到处都是像他父亲一样的人，活得非常轻松自在。这令他很意外，对他更是个很大触动，从此大彻大悟，理解了父亲，对父亲的鱼缸开始感兴趣，并为新生下来的小猫认真地起名字……

我感兴趣的不是这位潇洒父亲，而是潇洒的美国人，这种现象是不是真的，是不是很普遍？

实实在在地说，美国留学生在读书期间非常紧张，这种紧张一方面来自学习和实验，要拿到学位，边念边玩是很难完成学业的；然而对中国留学生而言，最重要的还是毕业找工作。因为这不仅涉及饭碗，还要涉及身份，你找不到工作，不能获得工作签证，在规定日期内必须离境。这一点显然压力非常之大，虽然国内学生找工作也不容易，但起码不会有身份问题。

我认识的留学生回国的不多，原因是多方面的，经过在美国的几年学习、生活，对国内情况已经生疏，特别是人脉，主要还是在美国，如果找工作，在美国相对要容易得多，有许多校友、学长会帮你出主意，导师也会为你提供帮助，当时最主要的原因还是美国的工作机会多。当然我也知道一些找工作碰钉子的学生，心情非常焦躁，不过一旦工作找到，这一切就会烟消云散。有人说，在美国当老百姓很容易，如果你的要求不高，不想出人头地，做出经天纬地的大业，美国确实是个不错的去处。但也正是这个原因，有理想、有抱负的留学生还是愿意回国发展，毕竟，这里不是你的祖国，没有公民身份，你参加工作会受到很多限制，比如不能当公务员，不可能到高端机构去工作，因此发展空间有限。有一位留学生对我说，在美国，他会看到 30 年后的结果，一碗清水看到底；但国内就不同了，许多挑战与机会在等着他，他无法预知今后的人生，国内的舞台肯定比美国大得多，因此他明确向我表示，毕业后要回国，这是经过深思熟虑讲出的话，他说到也做到了。

找一份工作做一个白领似乎并不难。因为美国毕竟人口稀少，经济发达，工作机会相对要多一些。

美国经济压力小，因为这里生活成本低，如果是双职工，在二线城市工作，买一套不错的房子，顶多花掉 3 年左右的工资（一线城市除外），这在国内是不可想象的。同样的房子，恐怕在国内一辈子的积蓄也难以买得起。

美国公司里人事关系比较简单，简单的原因一是美国的文化，美国人不愿意管工作以外的事，那属于你的私人领地，所以矛盾一下子少了许多。美国大部分是私企，国有的不多，私企里的人事关系更为直接，不会有国内那么多"机关文化"，"官场文化"，一切会变得简单明了。况且一个人很难在一个单位干得很久，人与人之间不会产生积怨。

美国人喜欢玩，会享受，懂浪漫；美国人重过程，轻结果。比如中国人把小学、初中、高中、大学，乃至以后的硕士、博士等整个求学阶段，都当成是在赶路，都是个过程。只有参加工作才算到了一站。但仍不能停下来歇息，工作后仍然竞争激烈，为房子、位子、票子，劳碌一生。想一想这种生活真的很可怕，好像一生都在急急忙忙地赶路，来不及看路两边的风景。中国人只看重目的，而且这个目的定得很高也很遥远，它要耗尽你毕生的精力与体力。等你终于到达目标，想看一看景致的时候，可惜太阳下山，日已黄昏，天马上要黑了，老眼昏花，想看也看不见了。

而美国人却是重过程，比如，在学生时期他们也是非常会享受，把学生时代过得自由自在，学业远没有中国那么紧张。特别是在小学到高中阶段，相当轻松。工作以后，玩心更盛。下班回家，会努力去玩，他们特别喜欢旅游，喜欢野餐，在美国的中国留学生也接受了这一生活方式。因为人生不过几十年，他们不会把短暂的人生划成几大块，把学生时代当苦行僧的日子来过。也不会把工作当成一件苦不堪言的事情来干。

美国人的官本位思想非常淡，在一个单位，职位高、收入多，意味着责任重，你要花更多的力气。如果觉得不值得可以选择回避。更重要的是美国职位的附加值不高，只不过收入多一些而已。而国内之所以看重职位，还是更看重其附加值，官意味着权利，到了一定职位才会有车坐，才会有更多的考察机会，或曰公款旅游，子女的工作安排更是指哪打哪儿……但在美国，官职再高，你有的别人也都会有，所以官的吸引力并不太大。

美国没有那么多的考核，而在中国，你在科研机构或在大学这样的单位工作，仅评职称这一项就会耗去你半生的精力。对此本人深有体会。从最低职称算起一般要经历3次到4次考评才能达到最高层。晋职一次比一次难，有没有必要都得考外语。有一次，一个中医老前辈对我说，他招的博士生必须通过外语考试，他觉得非常荒诞，中医考什么外语，考考古文倒还贴谱。因为中国是中医的发祥地，中医比中国先进的国家没有一个，重要文献全是中文，考什么外语？更要命的是论文，科研机构还有必要，但有些部门，比如临床医生，最重要的是日常工作，要强调看病水平如何，论文是无关紧要的。然而按现在的导向，你没有论文就休想晋升职称，为发表论文就要耗费很大的精力，这是以牺牲工作质量为代价的。更可怕之处在于，由此引发的弄虚作假层出不穷。但你身在其中，实在无法超脱。职称决定一切，会与你的收入、待遇挂钩，所以你必须为此奋斗一辈子。

然而，你如果做出美国人的上进心很差的结论，那就有失偏颇了，美国有世界最高的科技，最优秀的教育，有最多的诺贝尔奖得主。美国人的进取心到底如何，最近查了一份资料，美国人平均一生的工作时间比德、法、意等欧洲国家多40%。这种比较吓了我一跳，我不知道资料的真伪如何，如果不是欧洲人太懒，就是美国人太勤了。美国人的收入高于欧盟区30%也就不奇怪了。

只是美国人与中国人忙的内容不太一样。

异国的中秋节

一年一度，当秋风把树叶染黄并一片一片洒落地面的时候，人们就会仰望晴朗的夜空，企盼着月亮逐渐圆起来。中秋节时值仲秋，晴空澄澈，满月清辉，一家人围坐一起，吃着月饼，享受着团圆的时刻。

我和老伴儿是在今年盛夏时候来到美国的。自从孩子到北京上大学，后来到美国留学，全家一起过中秋节，8年来还是第一次。孩子长大了，我们也变老了。不禁发出这样的感慨："八年啦，别提它了！"

随着中秋节的临近，夜空中悬挂的月亮越来越圆，中国的月亮会圆，美国的月亮也会圆，但不会比中国的更圆。只是我所在的城市辛辛那提市，虽然纬度与北京差不多，但近几天天气并不凉，暑热仍没有消退，树叶碧绿，草坪青青，只有枫叶逐渐转红，透露出秋的信息。

我问孩子，这几年的中秋节你们是怎么过的。孩子说，中秋节对中国留学生来说是一个重要的节日，每年，中国留学生会都会组织一些活动，有的规模还相当大，因为这个节日能把接新生和迎国庆连在一起，意义非同寻常，有舞会和联欢会。去年组织的大型的中秋服装表演，盛况空前，在这所大学中影响很大。除去学生会的活动，留学生们还会以自己的方式过节，大多是交往密切的同学聚在一起，喝酒赏月，月饼当然是一道大餐，但只有一角，是个象征。孩子清晰地向我们描述每年过中秋节的细节。今年的中秋节怎么过呢？孩子说，今年学生会组织了聚餐会，由留学生自己带食品，学生会提供月饼，然后有跳舞及卡拉 OK 等。还有中美协会组织的中秋节联欢会，会上有茶点、月饼，还有跳舞、卡拉 OK、桥牌比赛、扑克、麻将及其他游艺活动。届时，将带我们一起参加。

其实，每个中国传统节日他们都过得像模像样，比如元宵节，比如端午节，特别是春节，虽然美国这些节日并不放假，但学生们总会挤出时间，度过属于自己的节日。

我曾写过一篇文章：《逐渐淡化的节日》，中国传统的节日逐渐在淡化，淡化的原因是多方面的，是生活节奏的加快，是生活方式的改变，抑或是对传统文化的疏离？但我觉得，最重要的还是生活质量的提高，以我的记忆，节日往往与吃连在一起，又与贫穷、饥馑密不可分，元宵、粽子、月饼，都是中国的美味食品，春节更是鸡鸭鱼肉，杂然前陈，饱餐一顿。当人们逐渐富足，吃，不再成为心腹大患的时候，这些节日就失去了它的吸引力，逐渐淡化了，甚至浑然不觉地让节日悄悄从身边溜了过去。

近两年兴起了过洋节，过圣诞节、情人节之类在青年人中成为时尚，餐厅酒肆个个爆满，大有取代传统节日之势。在国内逐渐淡化的节日却在身居国外的群体中得到了强化，这是我始料不及的，也是我在美国的这段时间里的强烈感受。

我想，在国内，民族感相对淡薄，除非是在重大的历史关头。但在国外，你想淡化也淡化不了，身边全是不同种族的人，让你时时刻刻都不会忘记：我是中国人！你尽可入乡随俗地过圣诞节，但祖宗的节日却是万万不可错过的。

美国是个移民国家，来到这里你才知道什么叫五洲四海，你到街上转一圈，不会超过 10 分钟，就会发现，白、黑、黄，不

同肤色，以及世界各个角落、各个种族的人，一齐向你走来，如果目光相遇，都会打个招呼，点点头，挺客气。谁都没拿谁当外人。这不像国内，见到老外，虽不会围观，多瞅两眼还是有的。这里不会，走在街上，泰然坦然。我有一种感觉，美国就像个大公园，来来往往的都是游人，谁也不是主人，谁也不是客人，这里只有先来后到之分，并无主人客人之别。

但如果你真的认为这里像国内"五十六个民族，五十六枝花，五十六个兄弟姐妹是一家"，那就大错特错了。相敬如宾是表层的，是客气，是礼貌，是距离，是陌生，是不亲密，是井水不犯河水，是油水一样地难以融合。

在留学生的群体里，华人与华人总是待在一起，同样，白人与白人，黑人与黑人，阿拉伯人与阿拉伯人总会聚在一起，正所谓物以类聚，人以群分。我曾看见一些居住在标有希腊字母、称为兄弟会或姊妹会的公寓里，白人学生在一起喝酒，谈天说地，做打口袋的游戏，其中可是没有混杂另一个种族的学生。同样，我参加过中国留学生的多次聚会，或吃饭，或野餐，也从来没有其他民族的学生参加。留学生如此，上班一族也概莫能外，举个简单的例子，在中午吃饭的时候，总是中国人与中国人坐在一桌。有个学生开玩笑说，这叫猫跟猫玩，狗跟狗耍！不过，在美国，谁也不会干涉谁的事儿，更不会对人家的节日或习俗说三道四，这是起码的尊重。

前两天看了一篇文章，谈到中国人的三个生理特征，一是铲形门齿，二是胎记，三是内眼角的皱褶。远在异国他乡的中国人、留学生，包括已经工作多年，拿到绿卡，甚至已经加入了美国国籍，但民族是永远无法改变的，你仍然被称为美籍华人，是炎黄子孙，血管里永远流淌着华夏民族的血液。

每个民族都有自己的节日，这是民族文化的一个重要组成部分，它是那么顽强，根深蒂固与不可改变。其实节日不过是一种形式，顽强地显示一个民族的存在才是真正的内涵。